JN072573
神は遊戯に飢えている。
God's Game We Play
The Ultimate game-battles of a boy and the gods
7

「素晴らしいわ！　まずは形から。
ロールプレイはこうでなくっちゃね！」
PROFILE
商人ネル
のどかな村で殺人事件発生!?

PROFILE
料理屋パール
PROFILE
副村長レーシェ

疑心暗鬼は神の罠……？
PROFILE
農家ミランダ
『ご覧のとおり』
『村長は何者かに殺されました』

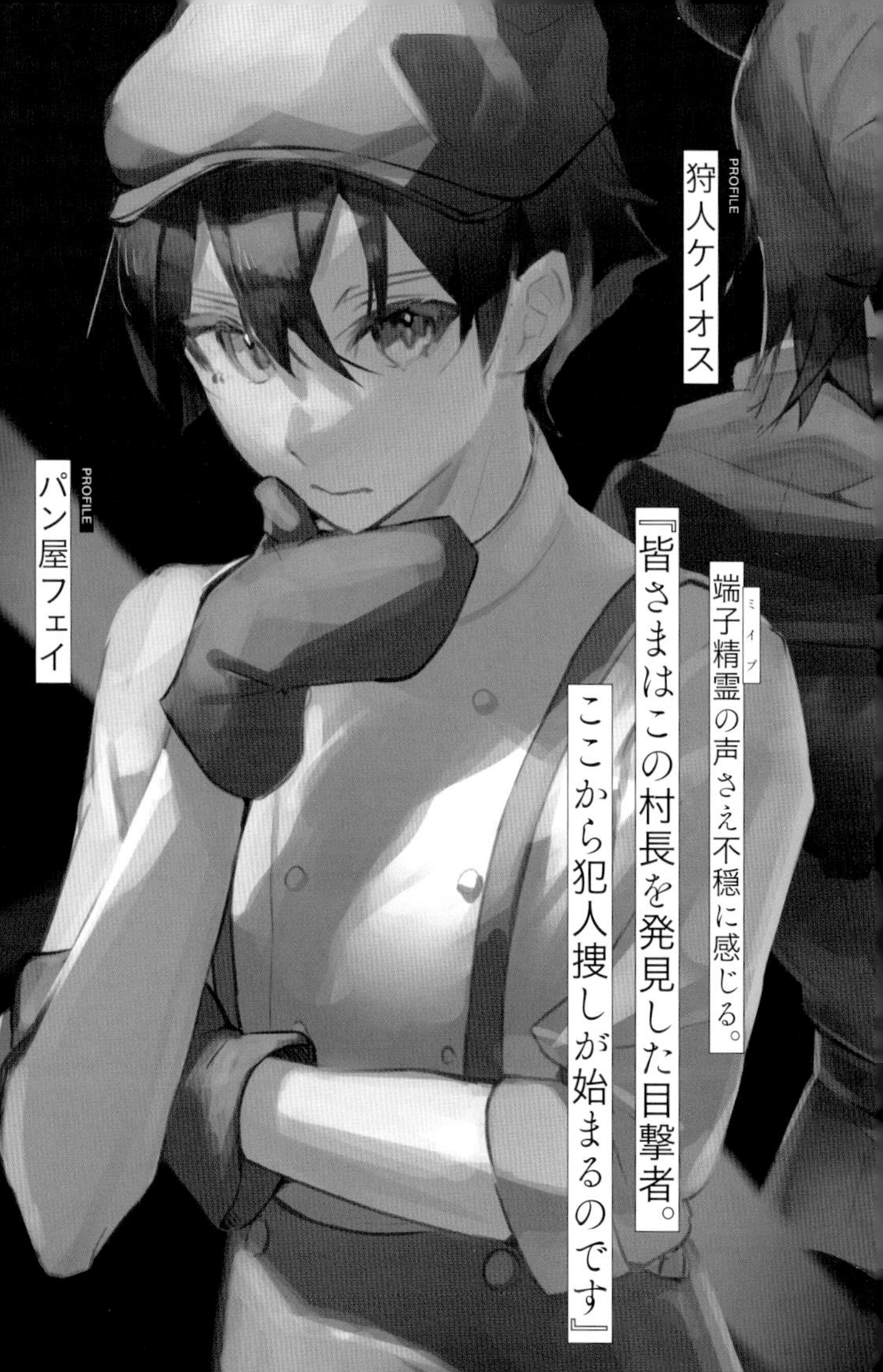
PROFILE
狩人ケイオス
端子精霊(ミイプ)の声さえ不穏に感じる。
『皆さまはこの村長を発見した目撃者。
ここから犯人捜しが始まるのです』
PROFILE
パン屋フェイ

PROFILE
原初の獣
ニーヴェルン
世界最強のチーム『すべての魂の集いし聖座（マインド・オーヴァー・マター）』の一員。狡猾なマーダーミステリーへフェイたちを誘う。

God's Game We Play

7

The Ultimate game-battles of a boy and the gods

神は遊戯(ゲーム)に飢えている。7

細音 啓

MF文庫J

Character

《登場人物》

God's Game We Play

レーシェ

本名はレオレーシェ。3000年の永き眠りから目覚めた元神様のゲーム大好き少女。

フェイ

近年最高のルーキーと称される期待の使徒。レーシェ＆パールと新チームを結成する。

ネル

マル＝ラ出身。一度は引退していたが、賭け神との戦いを経てフェイのチームに加入。

パール

転移の能力を持つ使徒。全自動思い込みガールと呼ばれるほどの破壊力のある性格。

口絵・本文イラスト：智瀬といろ

Chapter

Prologue　神ゆえに

God's Game We Play

渡り鳥より高く、空を漂う白雲よりさらに高く――

蒼穹に浮かぶ銀色の浮遊都市がある。

神話都市ヘケト＝シェラザード。はるか古代に消えた魔法文明の奇跡を残す都市であり、神秘法院の本部が拠点を構える地でもある。

その本部一階にて。


「ニーヴェさんが!?　あのフェイと遊戯対決を……!?」


素っ頓狂な少女の声がこだました。

ここは廊下だが、奥の階段を伝って別フロアにまで届きそうな大声だ。

「しーっ。声がでかいぞへレネイアちゃん」

「……で、ですがご老体」

物憂げな少女が、しゅんと縮こまる。

あれほどの大声がどこから出たのかという線の細い身体（からだ）つき。印象の弱い薄紫色の髪と翡翠（ひすい）色のまなざしの少女である。

――ヘレネイア・O・ミッシング。

身にまとう黒の儀礼衣は、世界最強チーム『すべての魂の集いし聖座（マインド・オーヴァー・マター）』所属の証（あかし）。

「……彼を霊的上位世界（フェイ・エレメンツ）に連れこんだのですか？」

「うむ。ニーヴェちゃん、自分の遊戯（ゲーム）で勝負したいと言っておったぞ」

頷（うなず）いたのは褐色の少年だ。

柔（にこ）やかな笑顔が似合う中性的な面立ちながら、その口ぶりは、外見とかけ離れた年季と落ち着きを湛（たた）えている。

精霊王アララソラギ。

・・・・

四人すべてが神である『すべての魂の集いし聖座（マインド・オーヴァー・マター）』の一員だ。

ヘレネイアが神の力を取り戻すため。そして彼女の「人と神を分かつ計画」のために、力を貸している。

「ニーヴェさんの遊戯（ゲーム）……いったい何を……」

「さあて。ワシらも何のゲームで遊ぶのかは聞いておらんが、まあしばらくかかるじゃろ。ヘレネイアちゃんは家族の看病に専念せい」

「っ！」

ヘレネイアがハッと胸に手をあてた。

ここは廊下。そして目の前の医務室で寝かされている理事長アウグストゥは、他ならぬ実父である。

――半神半人ヘケトマリア
古代魔法文明にて力を使い果たした神ヘケトマリアは、現代、ヘレネイアという人間の少女として再び生まれた。

神秘法院の理事長アウグストゥの娘として。

「……ニーヴェさん、私を想ってのことだったのですね」

儚(はかな)げに目を伏せ、ヘレネイアが声を絞りだす。

「彼(フェイ)は、神々の遊びの完全攻略に手をかけている。なのに私は父の看病につきっきりで攻略が止まっている。先に完全攻略されてしまえば、私のこれまでの計画は台無し。だからニーヴェさんは彼(フェイ)の十勝を止めようと！」

「単に遊びたいだけじゃろ」

「あのバカ猫!?」

ヘレネイアの絶叫、再び。

「そんな事だろうと思いましたよ。そしてなぜ止めなかったのですか、ご老体」

「ほっほっほ。若気の至り、良いではないか」

「……本当にもう」

ヘレネイアが、額に手をあてて大きく溜息(ためいき)。

「ニーヴェさんが好奇心で動くなら、せめて意地でも勝ってもらわないと困ります。万が一にでも負けてしまったら、いよいよ彼(フェイ)の勝ち星が十勝目前に……」

「しかし羨ましいのう。なっふん」

褐色の少年がボソッと独り言。

その後ろには、背の高い片眼鏡(モノクル)の青年が黙々と読書に耽(ふけ)っている姿がある。

——九十九神(つくもがみ)なふたゆあ。

この青年(カミ)は、滅多(めった)に言葉を発することがない。

言葉を嫌っているわけではなく、「言葉を使わずどれだけ正確に意思を伝えられるか」という一人伝言ゲームに興じているだけである。

「なっふんや、ニーヴェちゃんの遊戯(ゲーム)が終わったら次はワシらが——」

「ご、ろ、う、た、い?」

「……というのは冗談じゃ」

ヘレネイアにぎろりと睨(にら)まれ、褐色の少年が慌てて咳払(せきばら)い。

と思った瞬間。

少年の手には、小型の液晶モニターが収まっていた。

「視聴くらいは構わんじゃろう？」

コンッ。褐色の少年が液晶モニターの隅を小突いた途端、ザッという一瞬の雑音を挟んで画面が点灯する。

「お？　ちょうど始まるようじゃぞ」


見渡す限りの大草原と、のどかな村。

今まさに遊戯（ゲーム）が行われている神々の遊び場（エレメンツ）の映像である。

「ほほう、なるほどこの遊びか。……おやヘレネイアちゃん、見ないのかの？」

「見ません」

プイッとそっぽを向くヘレネイア。

そう言いつつ――やはり気になるのだろう。褐色の少年の背中越しにちらちらと画面を盗み見ているのが丸わかりである。

「――素直でない」

「なふたゆあさん⁉　そういう時だけ喋（しゃべ）る必要ありますか⁉」

珍しくボソッと喋る青年に、ヘレネイアは顔を真っ赤にして突っ込んだ。

——神々の遊び場「閉じた血と炎の儀式場」

VS『原初の獣』ニーヴェルン

ゲーム、開始。

Chapter

Player.1 VS超獣ニーヴェルン ―今日からお前も村民だ―

God's Game We Play

1

霊的上位世界(エレメンツ)。

物理法則を超越したこの世界は、そこに住まう神ごとに千差万別に姿を変える。

超獣ニーヴェルンの口という「扉」を介し、たどり着いた先は――


村だった。


瑞々(みずみず)しい緑の草原に囲まれた、小さな村。

コテージのように丸太を組み上げて造った家屋が多く、屋根の煙突から煙がうっすらと棚引いている。

空を見上げれば、鮮やかな蒼穹(そうきゅう)。

なんと穏やかな風景だろう。穏やかで心安らぐ世界がそこにはあった。

『さあっ！　マーダーミステリー「すべてが赤になる」開幕です！』

声を響かせたのは、真っ赤な双子の端子精霊である。

肌の色は超獣ニーヴェルンに合わせたものだろう。鮮烈な赤色の端子精霊が、ここに召喚されたばかりの人間たちを見下ろして――

『どんな遊戯か気になりますよね？』

『ご安心ください。ボクたち、主神ニーヴェルン様の領域に暮らす端子精霊がしっかりお手伝いいたしますよ！』

「…………」

「…………」

しんと静まる大草原。

それもそのはず、双子の端子精霊を前にしたフェイたちは、すっかり満ち足りた笑顔で、この景観に浸っていたからだ。

『プレイヤーの皆さま？』

『もうちょっと反応ないと、ゲーム進行のボクらも進めにくいですよ？』

「……と言われてもなぁ」

「……のどかなのよねぇ」

フェイと顔を見合わせるのがレーシェ。

その隣では、同じようにパールとネルが顔を見合わせている。

「穏やかすぎてゲームっていう感じがしないんですよねぇ」

「まったくだ。今までの霊的上位世界(エレメンツ)が迷宮や砂漠だった分、この村は気が抜けてしまう。どうだろう事務長?」

「いやはやまったく」

腕組みし、ミランダ事務長が深々と頷(うなず)いた。

「都会の喧噪(けんそう)もいいけど、やっぱり老後はこういう場所で過ごしたいもんだねぇ。猫でも飼ってのんびりと」

…………おや?

違和感。あまりに自然すぎて誰一人気づいていなかったが、何かがおかしい。

何がおかしいかというと――

「待て待て待てっっっ！　なぜミランダ事務長殿が!?」

「なんで事務長がここに!?」

ネルとパールが同時に叫んだ。

いたって自然に輪に交じっているミランダ事務長を指さして。

『事務長（殿）！』

「……え？　おや、そういえば」

ポンと手を打つミランダ事務長。

なんと、今の今まで本人にも自覚がなかったらしい。

「目の前の風景が自然すぎて気づかなかったよ。ここはもしや神々の遊び場かい？　ねえフェイ君、なんで私がここにいるんだと思う？」

「俺が聞きたいですよ」

むしろ自分(フェイ)の方が訊(き)こうと思っていた側である。

神々の遊びは、神から神呪(アライズ)を受けた使徒のみ参加が許される。

……事務長は、たしか生え抜きの事務方だったはず。

……使徒だったこともないし、当然、神呪(アライズ)だって持ってない。

だからミランダ本人も頭に「？」を浮かべているのだろう。

霊的上位世界(エレメンツ)に招かれた事実に、驚愕(きょうがく)を通りこして「そもそも何が起きたんだい？」と呆気(あっけ)に取られた表情だ。そこへ――

『ご説明しましょう！』

端子精霊(ミィプ)二体がここぞとばかりに割りこんだ。

『主神ニーヴェルン様の遊戯(ゲーム)は、参加人数が厳密に決まっています。皆さま四人では足りなかったため、勝手ながらゲストプレイヤーをお呼びしました』

フェイ、レーシェ、パールにネル。

そこに五人目(ミランダ)が召集された。恐らくは超獣ニーヴェルンに呑(の)みこまれた時、一番近くにいて手っ取り早かったのだろう。

「……あ、あの大丈夫ですかミランダ事務長？」

あまりにも突然な参戦だ。

使徒でさえ初戦は緊張するのに、使徒でない事務長がゲームについていけるのかというパールの不安はもっともだが――

「ふふふ。案ずるには及ばないよパール君」

事務長には、眼鏡(めがね)のブリッジを押し上げる余裕があった。

「運営側として、誰よりも使徒諸君らのゲームプレイを見守ってきた私だよ？　ここまで積み重ねてきた叡智(えいち)と経験を見せる良い機会じゃないか」

「おおおっ!?」

「……と意気込むのはさておき。私も、霊的上位世界(エレメンツ)に来るのは初めてでね」

ミランダ事務長が見上げたのは宙。

そこには双子の端子精霊(ミイプ)がふよふよと漂っている。

「なあ君たち。神々の遊びの七箇条ってあるじゃないか。そこのルール1と2にさ――」

神々の遊び七箇条(ルール)。

ルール１――神々から神呪(アライズ)を受けた人間は、使徒となる。

ルール２――神呪(アライズ)を授かった者は超人型・魔法士型どちらかの力を得て、神々との頭脳戦(ゲーム)に挑むことできる。

神々とヒトの約束だ。

神々の遊びに挑めるのは、神呪(アライズ)を受けた人間のみだと。

「つまり私も使徒になったのかい？」

『一時的にそうなります』

「ほう？」

眼鏡の奥で、ミランダの目がきらりと輝いた。

「つまり、私も一時的ながら神呪(アライズ)を得たと？」

『はい』

「では聞こう！　この私ミランダは、どんな能力を得たのかな！」

これは確かに重要だ。

パールの『気まぐれな旅人(ザ・ワンダリング)』、ネルの『モーメント反転』など。使い方次第でゲームの切り札になるのが神呪(アライズ)である。事務長はどんな力を与えられたのか。

『隣の人にタッチしてみてください』

「ん？　こうかな？」

ミランダ事務長が手を伸ばして、パールのおでこにタッチ。

すると――

「36度4分。ん？　私、いま何か喋ったかい」

『触れた対象の温度がわかる能力です。隠し芸にピッタリですね』

「しょぼくないかな!?」

『一時的なオマケ能力ですから。どうせゲームでは使いません』

「……はぁ。残念だね。二度とない機会だから色々と体験したかったけど」

がっくりと肩を落とす事務長。

一方で――フェイが引っかかったのは端子精霊の説明の最後だ。

どうせ使わない。

このゲームは、神呪を排したプレイヤーの純粋な実力で勝負する？

『皆さまこちらへ！』

『村に案内するよう我が主神から仰せつかっております』

端子精霊二体がふわふわと宙を飛んでいく。

村の入り口へ。

大きな鐘が吊(つ)られた入り口の先は、もう村の敷地である。そこで——

『ようこそにゃ』


赤毛の少女が、手を後ろに回した格好で待っていた。

気弱そうに映るほど華奢(きゃしゃ)な容姿ながら、その瞳は爛々(らんらん)と輝き、溢(あふ)れんばかりの気力と確かな知性を宿している。

——超獣ニーヴェルン。

——四人すべてが神のチーム『すべての魂の集いし聖座(マインド・オーヴァー・マター)』の一角。

この遊戯(ゲーム)に自分(フェイ)たちを放りこんだ神だ。この遊戯(ゲーム)のGM(ゲームマスター)であり、そして恐らくはラスボスでもある。

「っ！　いきなり神(ラスボス)が登場か⁉」

「おおっと待つにゃ。余は、この霊的上位世界の主として顔見せしに来ただけにゃ」

身構えるネル。

対し、人間の姿をした神はアハハと手を振りながら。

「余が作った自慢のゲームへようこそ！」

「……何がようこそだ。我々を勝手に呼びつけて」

「……そ、そうですよ！　これはあたしたちへの妨害ですね！」

ネル、続けてパールが少女めがけて指を向ける。

「あたしたちはヘレネイアさんに話があるのです。彼女の事情はケイオスさんから聞きました。古代魔法文明では、神々から与えられた神呪（アライズ）を人間が抗争に使ってしまった。その過去を繰り返したくない一心で、『神々の遊び』の消滅を目論（もくろ）んでいることも！」

「ほお？」

赤毛の少女から感心の溜息（ためいき）。

「チームのお色気担当かと思いきや、意外にも要点を理解してるにゃん」

「どんな担当ですか!?」

「いやはや、しかし『神々の遊び』を十勝してしまいそうなチームが本当に現れるとは。正直、余も驚きにゃん」

赤毛の少女がふわりと跳んだ。

頭上の釣り鐘の上へ、猫のような身軽さで飛び乗って。

「つまりは、そういう事にゃん」

妨害。

ヘレネイアの仲間である神（ニーヴェルン）は、自分たちの連勝を止めるつもりで仕掛けてきた。

「俺たちに勝たせる気はないってことか」

「うん？　いーや。余が必勝の遊戯なんて面白くもなんともあるまい。遊戯は遊戯らしく。神々の遊びに則った勝負といこう」

釣り鐘の上に腰かける赤毛の少女。

ブランコにでも乗るように、ぶらぶらと足を上下させながら。

「これは推理ゲームの一種。お前たちには物語の登場人物として、この村で起きた殺人事件の謎を解き明かしてもらうにゃ」

「さ、殺人事件っ⁉」

パールが怯えたように後ずさる。

「こんなのどかな村で殺人事件が起きるんですか⁉」

「そうにゃ」

「もしやプレイヤーが殺されるんですか⁉」

「――――」

「なんでそこだけ黙るんです⁉」

「余、楽しみは取っておくタイプだからにゃ」

いかにも意地悪げな笑みを浮かべて。

「じゃ、余はやる事があるので退散するにゃ」

「お前は人間と戦わないのか？」

ざわりっ。フェイがそう発した瞬間、赤毛の少女の髪が大きくなびき逆立った。

噴き上がる火の粉と熱気。

その奥で、少女の影（シルエット）が、巨大な四つ脚の獣へと変わっていく。


『戦うとも。どの遊戯（ゲーム）とも異なる形で』


地に立つのは紅蓮（ぐれん）の獅子（しし）。

超獣ニーヴェルンの真の姿。人間など片足で踏み潰すであろう巨体が、こちらの顔ぶれを一人一人見下ろしながら。

『この遊戯（ゲーム）に決まった攻略法はない。思うさま興じるがいい』

赤き獅子が吼（ほ）える。

『見せてみよ……』

再び、炎が吹き荒れる。

瞼（まぶた）を灼（や）くほどの光と熱波に一瞬フェイたちが目を閉じて……恐る恐る目を開けた時には、巨大な獅子は村のどこにも存在しなかった。

残ったものは、焼け焦げた地面だけ。

『はーい。我が主神のご挨拶が終わったところで、いよいよ村の中を案内します』

『村の中心地に向かいますよ』

端子精霊（ミィプ）二体が、家屋が並び立つ坂道をゆっくりと下っていく。

村の入り口から奥へ。

――見晴らしの良い広場へ。

そこには、二人の男女が待っていた。

『六番目、七番目のプレイヤーをご紹介しましょう』

「遅かったな、フェイ」

「ケイオス先輩!?」

長身の男が、ゆっくりと振り返る。

眠気を帯びたまどろむような瞳に、片目が隠れるほど伸ばしっぱなしのくすんだ青髪。

そんな彼を、自分（フェイ）はよく知っていた。

ケイオス・ウル・アーク。

フェイが所属していた旧チームのリーダー。そんな彼がこちらを一瞥（いちべつ）し――

「俺は、数合わせで呼ばれたらしい。それとこちらの彼女もな」

「……よ、よろしくお願いします」

ケイオスの隣には、スーツ姿の女性が立っていた。

肩のあたりで揃（そろ）えた黒髪のミディアムボブで、二十代の前半であろう大人しめな顔立ち。

いかにも気恥ずかしそうに縮こまっている。

「おや？　見覚えがあるような」

ミランダ事務長が、スーツ姿の女性を前に首を傾げて。

「ああそうだアリッサ嬢だね。誰かと思えばアウグストゥ理事長の秘書じゃないか」

「は、はい！　アリッサ・メルクスです！」

ショートボブの秘書が小さく一礼。

「理事長が倒れられて、急ぎで理事長のスケジュール調整をしていたのですが。気づけばこんな村の中に……先ほど事情はケイオスさんから聞きましたが……」

「彼女は何も知らない・・・・・・」

ケイオスが含ませた意味を、誰もが瞬時に察しただろう。

理事長の秘書とはいえ「ただの人間」。

……『すべての魂の集いし聖座』が神四体のチームってことを知らない。

……理事長の娘であるヘレネイアのこともだ。

事実を知れば仰天するだろう。

本部理事長の娘が、まさか神々の遊びの消滅を目論んでいるなど。

……ただ、それはこの場で言う必要はないか。

……なおさら目先のゲームに集中だ。なにしろ彼女は使徒じゃない。

ミランダ事務長とアリッサ秘書官。

神秘法院の一員として生放送（ストリーム）も見ているだろうが、初めて神々の遊びを体験する二人が、どんなゲームプレイができるかは未知数だ。

……あともう一つ。

……正直コッチも、その二人に負けず劣らずの不確定要素なんだよな。

三番目の不確定要素。

それは——

「ケイオス殿」

ネルが、力強く足を踏みだした。

これから神に挑む仲間を見つめるにしては、鋭すぎるほどのまなざしで。

「白黒はっきりしておきたい。ケイオス殿はどちら側の立場か」

「どちらとは？」

「ケイオス殿は『すべての魂の集いし聖座（マインド・オーヴァー・マター）』のコーチだ。立場的には超獣ニーヴェルン側のようにも思える。失礼ながら、この勝負、ケイオス殿は我々に協力するフリをして神に味方するのではないかという不安がある」

そう。

ゲストプレイヤーとして無作為に選ばれたというには、ケイオスは神側に近すぎる。

「俺が疑われるのはもっともだ」

　真顔で頷(うなず)くケイオス。

　気を悪くした様子もなければ、慌てる様子もない。

「答えよう。まず、これが通常の神とヒトの戦いならば、俺は全力で神相手に戦うだけだ。それが神々の遊びだからな。俺は、遊戯(ゲーム)には嘘(うそ)をつかない」

「……私には、含みがあるように聞こえるが」

「では今回について答えよう」

　一拍分の間を置いて。

　ケイオスがゆっくりと口を開いていった。

「わからない」

「……何だと？」

「今回の遊戯(ゲーム)はマーダーミステリーだ。幸い、俺はこの遊戯(ゲーム)について些(いささ)かながら知識がある。マーダーミステリーとは――」

　ちらりと宙を見やるケイオス。

　俺が話していいか？

　そんな確認の間を開けたのは、この遊戯(ゲーム)を仕切る端子精霊(ミイプ)への敬意だろう。

「マーダーミステリーは、ロールプレイを交えた推理ゲームだ。俺たち七人はおそらく

『犯人』と『犯人を追う探偵役』に二分される。といってもそう単純ではなく、表向きは探偵であっても実は犯人の協力者であったり、探偵役である者が実は犯人以上に大悪党だったりと、それぞれに『真の目標（ミッション）』が存在する」

ただの犯人当てゲームではない。

プレイヤーはそれぞれの立場から殺人事件の謎を追いつつ、「自分だけの真の目標（ミッション）」を達成するために動いていく。

「俺は、俺に与えられた役を全うしよう。犯人なら犯人らしく振る舞うし、探偵役なら他の探偵役とも協力して犯人を追っていく……論じるより、まずは説明を聞けばいい」

ケイオスがくるりと反転。

二体の端子精霊（ミイプ）が、今か今かと出番を待っていたからだ。

「ゲーム説明を頼む」

『はい。仰（おっしゃ）るとおり、マーダーミステリーはただの犯人当てゲームではありません』

『犯人にも探偵にも「物語」がある。これこそが醍醐（だいご）味なのです！』

端子精霊（ミイプ）が宙を指さして。

鮮やかな青空に、光輝く文字で綴（つづ）られた物語が登場した。

ここは豊穣（ほうじょう）の村ラタタターン。

肥沃な大地に、豊かな農作物が一年を通して取れる村。誰もが仲良く暮らしています。

……村長を除いては。

交流が活発な村人たちに比べ、村長は愛想がなくいつも不機嫌です。

家に引きこもり、家には怪しい本やロウソク、骨でできたアクセサリ等をせっせと収集しています。けれど、それには理由があります。

村長には未来予知の力があるのです。

村を襲う嵐や雪崩、山火事など、村長の災いよけの儀式のおかげで村は幾たびもの壊滅の危機を免れました。ここ数年、三人ほどの行方不明者がいますが、村はそのたびに新しい村人を招き入れ、復興を続けてきました。


『皆さまは、この村の村民です。』

『村を束ねる村長はＮＰＣ、すなわちゲーム内で勝手に動くキャラクターです』

登場人物は八人。

プレイヤーが七人に、ＮＰＣの村長。

「……村長さんって、いかにも重要そうなキャラクターですね」

パールがきょろきょろと村を見回す。

丸太でできた家がいくつも見えるが、村長らしき人影はない。

「その村長さんはどこにいるんですか？」

『村の広場にご招待しましょう』

『ちなみに、この村全体がゲームフィールドです。しっかり見ておいてくださいね』

豊穣の村ラタタターン。

煙突のある家に、石を敷きつめた舗装路。そこかしこに可愛らしい花壇。のどかな風景だが、自分たち以外に村人はいないらしい。

『広場に到着しましたよ』

『ここが村の中央部で、基本的にはこちらで会議を行います』

ゴーン……と。

フェイたちが広場にやってくるなり、荘重な鐘の音に歓迎された。

銀色に輝く時計塔と、そこに吊された鐘が目印となる広場である。太陽が燦々と照りつける陽射しの下――

広場の中央に、黒いものが落ちていた。

否。

その真っ黒い「何か」は人のかたちをしていた。そして村長はここにいるという。

「……まさか！」

「この人が村長ですか⁉」

ネルが目を見開き、パールがそれに続く。

二人が息を呑(の)んで見つめる先には、真っ黒に焼け爛(ただ)れた老人の姿があった。

――村長は、黒焦げになって死んでいた。


誰もが察した。

神の遊戯(ゲーム)は、もう既に始まっていたのだと。

『ご覧のとおり』

『村長は何者かに殺されました』

端子精霊(ミィプ)の声さえ不穏に感じる。

『皆さまはこの村長を発見した目撃者。ここから犯人捜しが始まるのです』

再び紡がれる光の文字。

誰もが、そこに描かれた物語を食い入るように見つめて――


【事件当日】

この日は、村長が警告を発していた日でした。

未曾有(みぞう)の災害が起きるであろう――村人は、そうした予知のたびに村長が村を守ってき

てくれたことを知っています。

今回も村長に従えば安全だ。

ですが翌朝、広場に集まった村人たちが見たものは、広場に横たわる村長でした。

村長は全身が黒く焼け焦げていたのです。

おそらく村長は、災害を防ぐ儀式のために昨晩この広場へやってきて、そこを襲われたのでしょう。つまり犯人は、村長の行動をよく知る村人の誰かに違いありません。

けれど災害は起きませんでした。

村長は、自分が殺されながらも災害を防いだに違いない。

敵討ちだ。村長を襲った犯人を捜さねば。誰もがそう思い、村人たちは犯人を捜すことを決意しました。


村長が殺された。

そしてプレイヤー七人が、事件の真相を追っていく推理ゲーム。

「一つ聞いていいか？」

広場に静寂が立ちこめているなかで、フェイは手を挙げた。

「俺らは全員がただの村人か？　さっきケイオス先輩が探偵役って表現してたけど、本当にそういう村人がいるのかなって」

『はい、今から役職を配ります』

『農家やパン屋、狩人など。役職は村に相応しいものになっています。まずはミランダ様！　そこに薪が大量に積み重なっていますね。その裏に来てください』

「私かい!?」

端子精霊の指名に、誰もが一斉に振り向いた。

もちろん一番驚いているのがミランダ事務長本人だ。まさかゲストプレイヤーの自分が最初とは思ってもみなかったのだろう。

「……読めた！」

その途端、唐突に叫んだのはケイオスだ。

「マーダーミステリー愛好会副本部長の俺に言わせれば、最初に役職を配られるということは相当重大な役回りだ。犯人はミランダ事務長である可能性が高い！」

「おおっ！　やるなケイオス殿」

「なんと鋭い分析ですか！」

ネルとパールが思わず拍手。

なお当のミランダ事務長は「そんな訳あるかい！」と呟きつつも、広場にある薪の山の裏側へと移動していって——

待つことしばし。

『はい次の方〜』

薪の山の裏側から、端子精霊(ミィプ)がひょっこりと顔を出した。

ちなみにミランダ事務長は、薪の山の反対側に行ったきり戻ってきていない。

『ではパールさん』

「はい！」

「二番手か……怪しいなパール……まさか村長を殺害したのは……！」

「怪しくないですよ!?」

疑わしげな眼差(まなざ)しのネルに叫びつつ、今度はパールが呼び出しだ。

三番手がレーシェ。

四番手が秘書アリッサ。

五番手がネル。

ここまで残ったのが自分(フェイ)とケイオス。どちらが先に呼ばれるかと思ったが――

『ではケイオスさん』

「承知した」

六番目に呼ばれたのがケイオス。つまり最後が――

「なるほど。最後がフェイか」

「……何ですかケイオス先輩。その意味ありげな目」

「マーダーミステリー愛好会局長の俺に言わせれば、最後に役職を配られるということは重大な役回りのはず。犯人はお前か？」

「最初は事務長が怪しいって言ってたじゃないですか！」

ちなみに数分前は自称「マーダーミステリー愛好会の副本部長」である。あっという間に局長に変わっているのだが、どうせお決まりの冗談だろう。

『では七番目』

『フェイさん、こちらにお越しくださいー』

見上げるほど堆く積もった薪の山。

これだけ大量の薪が広場に積んであるのも気になるが……

『フェイさん、まずはあなたの家を紹介しますね』

端子精霊の一体に連れられて村の中を歩いていく。

村の高台にある村長の屋敷を見上げつつ、分かれ道を右に曲がる。その先には、煙突から煙の出ている家があった。

ふわりと漂ってくる芳ばしい香りは――

「……パン？」

『フェイさん、あなたは村のパン屋です』

なんとも平凡な役職だ。

重要な立ち位置とは思えないが、裏返せば、村長殺しの犯人を捜すのに専念できる。と思ったら——

『パン屋ですが、あなたの正体は、人間のフリをした人狼（ワーウルフ）です』

「……急にきな臭くなってきたなぁ」

『そして犯人です。あなたは村長を爪で切り裂いて殺害しました』

「俺なの犯人⁉」

まさかのケイオス仮説が大当たり。

なるほど。パン屋という当たり障（さわ）りのない役職だからこそ、犯人という容疑を隠すのにうってつけというわけだ。

『役資料（ハンドアウト）カードを配布します。ささどうぞ』

端子精霊（ミィプ）から三つ折りのカードを渡される。

表には可愛（かわい）らしいパンの絵だが、裏には鋭い牙をした狼（おおかみ）の絵が。

【パン屋（ワーウルフ）】

あなたは復讐（ふくしゅう）者です。

仲間のワーウルフが、かつてこの村にて謎の消失を遂げた。

あなたはその謎を解こうと、自ら人間に化けて村に潜りこみました。

結果、この村の住人三名が謎の失踪を遂げていたことを知ります。

さらにその失踪日が、村長の予言する災害日と一致することに気づきました。怪しいと思ったあなたは、日々、パン屋に化けて村長を観察していました。

【事件当日のあなた】

事件の夜、あなたは村長の家を見張っていた。

村長のいう大災害は明日――ならば明日、村の誰かが謎の失踪を遂げるかもしれない。

そこに村長が関わっているというのが、あなたの野性の勘だ。

そして夜、村長が屋敷を出て広場に歩いていくのを尾行した。

村長は懐に物品をいくつか抱きかかえていたが、その中に見覚えのあるネックレス――あなたが友人に贈った唯一無二の品があった。

友人を殺し、ネックレスを奪ったのは村長だ。

そう感じた瞬間、あなたはワーウルフの姿に戻り、獰猛(どうもう)な爪で村長の背中を切り裂いた。

気づいた時には、村長は血だまりの中で動かぬ死体となっていた。

殺してしまった……だが悔やむ気はない。

この村の殺人鬼にしかるべき報いを与えただけだ。あなたは友の形見である牙のネックレスを懐に入れて、その場を立ち去った。

なお――

この時、あなたの後ろでは時刻を報せる(しら)鐘が23時を告げていた。


これが殺人事件の真相。

犯人は自分(フェイ)。

パン屋を営んでいるが、その正体は人狼(ワーウルフ)であるらしい。

「……へえ。根っからの悪い犯人じゃなくてほっとしたような……こういうストーリーと役柄を全員がもらってるんだよな？」

『はい。全員に『役資料カード(ハンドアウト)』、そして『目標カード(ミッション)』が配布されました』

「目標カード(ミッション)？」

『あなたがこのゲームで達成すべき目標です。遊戯の勝利条件にも関わってくるので、大変に重要なものになります』

新たにもう一枚。

端子精霊(ミイプ)に渡されたのは、表面が真っ黒の三つ折りカードだ。

『役資料カード(ハンドアウト)、そしてこの目標カード(ミッション)はあなただけが知り得る情報です。口伝えはできますが、このカードを直接誰かに見せることは禁じられています』

【目標（ミッション）】
【あなたは村長殺しの犯人です】
①あなたが犯人であることをゲーム終了時まで隠し通すこと。
②あなたの正体が人狼（じんろう）であることを隠し通すこと。
③あなたの「牙のネックレス」を死守すること。誰にも奪われないこと。
④【犯人にだけ与えられる特別ミッション】
ゲーム最後の村裁判フェイズ後に開示。
ただし村裁判フェイズで追放されてしまうと、この特別ミッションは失われてしまう。

【（参考）ゲーム手順】
①殺人事件の発生（イントロダクション）　※今ここ
②みんなで自己紹介、そして一言
③事件1日目『朝』第1調査フェイズ
④事件1日目『昼』第1報告フェイズ
⑤事件1日目『夜』個人時間
⑤事件2日目『朝』第2調査フェイズ
⑥事件2日目『昼』第2報告フェイズ

⑦　事件2日目『夜』個人時間

⑧　事件3日目『朝』村裁判（全員の投票によって「犯人」を決定し、追放する）

まず目標（ミッション）は妥当だろう。

自分が人狼で犯人である以上、正体は隠さなければならない。

……要するに、何も知らないパン屋を装えってことだ。

……とにかく目立たないように。

注意すべきは最終日の『村裁判』。

村人七人による投票が行われ、犯人と思われた者が追放される。

犯人ではなく、犯人と思われた者――率直に言って、一番疑わしい村人が追放されるということだ。

……俺以外の六人には、犯人捜しの目標（ミッション）カードが配られているはず。

……なおさら無関係のパン屋を装い、犯人と疑われないよう立ち回るっぽいな。

これが現時点での攻略法。

なお特別目標（ミッション）は、現時点では予想もできない。

『最後にもう一つ』

『あなたには特殊能力がある。この『能力カード』をご覧ください』

三枚目のカード。

役資料(ハンドアウト)や目標(ミッション)より文章(テキスト)量こそ少ないが、情報量は凄(すさ)まじい。


【能力】

人狼(じんろう)であるあなたには、人間にはない特別な能力がある。

この能力を活用すれば目標(ミッション)達成に大きく前進することだろう。

能力1『血の追跡』：夜の間に、血の臭いが付着しているプレイヤーを探しだす。

能力2『牙には牙を。爪には爪を』：？？？フェイズにのみ発動可能。

村人一人からの攻撃に対してカウンター攻撃を行う。


謎だらけの文章(テキスト)だ。

まずフェイが引っかかったのは能力1。

……血の臭い？　臭いが付いているのは俺だけじゃないのか？

……村長を牙で襲った殺人犯なんだから。

しかし能力1は、自分以外にも血の臭いがついている者の存在を仄(ほの)めかしている。

それが不気味だ。

……俺は殺人犯だから正体を隠す側。

……その俺が、能力1を使って誰かを見つけなくちゃいけないのか？

この能力が目標（ミッション）とどう繋（つな）がっているのかが、まだ読めない。

能力2に至っては発動タイミングさえ謎だ。

……村人一人からの攻撃に対して反撃？

……何かのタイミングで、俺は誰かから奇襲を受ける可能性がある。

思いだせ。

端子精霊（ミイプ）は役職に「狩人」がいると言っていた。獣狩りのプロたる狩人が人狼を狙っている可能性は大いにある。

ならば——

狩人にだけは正体を知られてはなるまい。

『ボクらの説明は以上です。では広場に戻りましょう！』

端子精霊（ミイプ）に連れられて再び広場へ。

先に役資料（ハンドアウト）を与えられていた六人が、そこで自分（フェイ）の到着を待っていた。

ただし——

六人全員が、何かを秘めているような神妙な面持ちでだ。

『お待たせしました皆様！』

『「農家のミランダ様」・「料理屋のパール様」・「副村長のレーシェ様」・「商人のネル様」・「花屋のアリッサ様」・「狩人のケイオス様」・「パン屋のフェイ様」——役資料(ハンドアウト)カードの配布が完了です！』

全員の役資料(ハンドアウト)が開示。と思ったら——

『衣装変更！』

ピロンと可愛(かわい)らしい効果音。

自分(フェイ)を含む七人の服装が、虹色に輝き始めたではないか。

「な、なんだい⁉」

「私の服が……！」

ミランダ事務長が目をキョロキョロ。

その隣でもアリッサ秘書官が大慌て。

『役柄に応じてお着替えをして頂きます！』

なんと七人が、それぞれ役資料(ハンドアウト)どおりの服装へ。

杖(つえ)を手にした副村長（レーシェ）。

畑仕事に適した姿の農家（ミランダ事務長）。

大きなコック帽をかぶった料理屋（パール）。

肩に猟銃らしきバッグを担いだ狩人（ケイオス）。

背中に大きなリュックを背負った商人（ネル）。

赤ずきんをかぶって、小脇に花のバケットを抱えた花屋（アリッサ秘書官）。

そして――

フェイは、大きなミトンを手につけたパン屋である。

「素晴らしいわ！」

副村長のレーシェが、手にした杖(つえ)を嬉(うれ)しそうに振り回す。

「まずは形から。ロールプレイはこうでなくっちゃね！」

「うむ」

猟銃を担いだケイオスも、やる気に満ちた口ぶりだ。

「役資料(ハンドアウト)を演じきってこそ面白い。ゆえに俺から提案がある。互いに名前ではなく、役資料(ハンドアウト)の役柄どおりに呼ぶというのはどうだ？　花屋よ」

「…………」

「アリッサ秘書官」

「は、はいっ⁉　そ、そうでした花屋は私でした！」

慌てて応じるアリッサ秘書官は、自分の服と花のバケットを物珍しそうに確かめるのに夢中らしい。

なにせ彼女は神秘法院の事務員だ。

こうした「神々の遊び」の特殊演出も知らないわけではないが、初体験なのだから夢中になっても無理はない。

「私は大丈夫です、むしろ皆さんをどうお呼びしようか迷っていたので」

「わたしは大歓迎よ！」

「アタシもです！」

レーシェとパールが勢いよく賛同。

ネルとミランダ事務長も異論なく、フェイもそこは問題ない。

『皆さん、全員分の役柄もわかったところで――』

端子精霊（ミイプ）がパンと手を叩（たた）いて。

『ゲームの勝利条件をお話しします！』

「え？　勝利条件って、殺人犯を当てることじゃないんですか？」

パールがきょとんと瞬（まばた）き。

そうなのだ。

このマーダーミステリーの大きな目標は「村裁判フェイズで殺人犯を当てること」。

だが今回はそうではない。

……なぜなら犯人は俺だから。

……俺が答えを知っている以上、神（ニーヴェルン）との対決方式は「犯人当て」じゃない。

ならば神（ニーヴェルン）は、どうやって人間と勝負するつもりなのか。

『遊戯（ゲーム）「すべてが赤になる」の勝利条件、それは……！』

二体の端子精霊（ミイプ）がそれぞれクルッと一回転。

美しくも声を重ねて。


『全員が、最低一つずつ目標（ミッション）を達成すること』


そうきたか。

たとえば自分（フェイ）には四つの目標（ミッション）がある。

その大半が、犯人であること＆人狼（じんろう）であることを隠し通すものだ。残る六人にも固有の目標（ミッション）が与えられていることだろう。

……犯人を見つける目標（ミッション）も必ずある。

……一人じゃなく複数。下手したら残り六人全員が探偵役かもしれない。

これは難題だ。

目標（ミッション）が全員違う。

たとえば犯人と、それを追う探偵役ではゲーム中のプレイ指針が正反対になるだろう。

その上で全員が目標（ミッション）を達成せねばならない。

……犯人(おれ)の目標(ミッション)を達成しつつ、探偵役(みんな)の目標(ミッション)も達成する？

……そんな攻略が可能なのか？

残る六人も――

副村長(レーシエ)も料理屋(パール)も商人(ネル)も、そしてゲストプレイヤーの農家(ミランダ)、花屋(アリッサ)、狩人(ケイオス)も。

目標(ミッション)カードを凝視して黙りこくっている。

『では物語を始めましょう！』

『事件の真相に対して深く知り得る者、これから知る者など、事前段階での知識差はありますが、全・貌・解・明・に・至・っ・て・い・る・者・は・い・ま・せ・ん。皆さま、どうか事件の謎を解き明かしてくださいませ！』

「っ！」

小さな違和感。

全貌解明に至った者はまだいない？

自分(フェイ)は村長を殺した犯人だ。殺害動機も殺人手段も、何より自分が人狼であることも、当然すべて知っている。当事者なのだから。

その自分が知らないことが？

……い・や、ある！

……村・長・の・遺・体・は・焼・か・れ・て・い・た・！

自分たちが集まっているのは広場の中だ。そこからわずかに離れて、村長の黒く焼けた遺体が置いてある。

自分は人狼（じんろう）で、その爪で村長の背中を引き裂いた。

それ以外のことはしていない。

……村長の遺体を焼いた者がいる？

……俺以外の六人の誰かだ。それはいったい誰で、目的は？

この殺人事件（マーダーミステリー）は、犯人（フェイ）がただしらばっくれるだけの事件では終わらない。

犯人（フェイ）さえ推理せねばならないのだ。

この村には、この事件には、まだ未解決の謎が残っている。

『ではゲームスタート！』

豊穣（ほうじょう）の村ラタタターンにて、殺戮（さつりく）と神秘を解き明かす遊戯（ゲーム）が始まった。

Chapter

Player.2　VS超獣ニーヴェルン　―犯人はこの中にいるのです―

God's Game We Play

1

VS『原初の獣』ニーヴェルン。
ゲーム『すべてが赤になる』。
【勝利条件】　全員が、最低一つずつ目標(ミツション)を達成すること。
【敗北条件1】　全員の目標(ミツション)達成が叶(かな)わなかったとき。

豊穣の村ラタタターンの広場において。
フェイが目を付けたものは四つ。
まずは「焼けた村長の遺体」。
次いで「人の背丈より高く積まれた薪(まき)の山」。
さらに挙げるなら「広場のベンチ」と「鐘がついた時計塔」。
……まずは焼けた村長の遺体だ。

……村長の焼死体は、当然に遺体を焼くものが必要だったはず。

目に付くのが薪（まき）の山。

これだけ大量の薪が広場に積んであることがそもそも奇妙だが、この薪を燃料にすれば、村長の遺体を焼くことはできるだろう。

だが誰が、何の目的で？

村長殺害の犯人（フェイ）（パン屋）にもわからない。

……六人の誰かがやったはず。

……だけど迂闊（うかつ）に聞いてまわったら、俺の方が不審に思われる。

自分は人狼（じんろう）だ。

謎を解きつつも、正体を知られるような不用意な行動を避けねばならない。

特に狩人（ケイオス）。肩に銃を背負っている見た目通り、狩人の目標（ミッション）に人狼討伐が入っている可能性は大いにある。

「ゲームスタートだとしたら――」

そのケイオスが、口を開いた。

「全員が役資料（ハンドアウト）に沿って自己紹介を行う。これが最初のフェイズ『みんなで自己紹介』という理解で合っているか？」

『まさしくその通り！』

端子精霊二体が大きく頷いた。

『皆さまには役資料に沿った自己紹介をして頂きます。なお役資料カードをそのまま見せたり、文面を丸読みするのは控えていただきます』

『なにせ、知られたくない秘密を隠している人もいますから』

ザワッ。

広場に集まった七人が同時にざわめいた。

それは驚きか、動揺か。

『秘密は伏せたままで結構です。ロールプレイを楽しみつつ自己紹介をしてください』

「ほう？　ウソも有りなのかい？」

『有りです！』

ミランダ事務長の問いに、端子精霊がここぞとばかりに頷いて。

『ただし、皆さまは事件解決のため村を隅々まで探索します。その過程で、迂闊なウソが命取りとなるような証拠が出てくるかもしれません。真実を偽る時はくれぐれも慎重に。ここまではお伝えしておきましょう』

今の端子精霊のヒント――

これは間違いなく、殺人犯（人狼）である自分宛てのメッセージだ。迂闊なウソは後々自らの首を絞めるぞ、と。

「よしよし！　さっそく自己紹介から始めましょ」

レーシェが手を打ち鳴らす。

「さあ楽しみね。この自己紹介でうっかり犯人が口を滑らせたりして」

「……うっ⁉」

露骨に尻込みしたのがパール。

それを逃さず、レーシェが指を突きつけた。

「見つけたわ。料理屋が犯人よ！」

「ち、ちちち違います⁉　あ、あああたしの、どこが怪しいと言うんですか⁉」

怪しすぎる。

パールは首を振って否定するが、周りの六人は冷ややかな目線である。初見メンバーであるアリッサ秘書官さえ、「……」と疑わしそうなまなざしだ。

「な、ならば、あたしから自己紹介しても構いませんよ！」

パールが胸に手をあてて。

「あたしは村の料理屋です！　由緒正しきレストランで村人からも大人気！　特に副村長さんとパン屋さんの二人は、毎日のようにステーキ定食大盛りを食べに来ますね。どうですか、あたしは村のために貢献してますよ！　ゆえに潔白(シロ)です」

「え？」

「え？」

パン屋(フェイ)と副村長(レーシェ)のそれぞれから、まったく同時に声が漏れた。

まったく想定外の名指し。

パン屋(フェイ)の心境を声にするなら「何それ知らないんだけど？」だが、隣の副村長(レーシェ)の表情を見るに、おそらく似たような心境だろう。

自分(フェイ)は人狼(じんろう)だ。

狼(おおかみ)ゆえ、肉を求めてステーキを食べる習慣があっても不思議ではない。

……俺の知らない俺の情報だ。

……俺が人狼だと突きとめるヒントが、既にちりばめられている？

犯人(フェイ)が何一つボロを出さずとも、探偵側はこうした些細(ささい)な情報を手がかりにして真相にたどり着けてしまうかもしれない。

「あたしは犯人ではありません！」

料理屋パールが、声を大にして宣言した。

「村長さんもレストランのお得意さんでした。その村長さんを殺害した犯人を許せない。あたしが絶対見つけてみせます！」

『では続いて二人目の自己紹介。どなたか？』

「じゃあ俺が」

全員の表情を横目に、フェイは颯爽と手を挙げた。

「俺はパン屋だ。畑の小麦でパンを焼いていて、最近は新商品も研究している。料理屋でステーキ定食を食べているのも、新商品でステーキパンを考案中だからだ」

広場の六人をゆっくり見回す。

「俺は村長に恨みなんてない。それどころかウチのパンをよく買ってくれていた。だから俺も犯人を捕まえるために協力したい。以上だ」

自分の嘘は、二つ。

一つはステーキパンの考案中。これが嘘とわかる証拠はさすがに存在しないだろう。

二つ目が「村長に恨みはない」の件だ。この場で村長に恨みを持っていたと言う者などいないだろうから、全員が同じ発言をするだろう。

『はい、ありが――』

「次わたし！」

待ちきれずに挙手したのは副村長。

手にした杖を、小枝のごとくブンブンと振り回しつつ。

「わたしがこの村の副村長よ！　こうみえて巨漢で力自慢、だからレストランで肉をよく食べるけど、そのぶんちゃんと働くわ。村ではよく薪を使うし、木こりとして森から丸太を運んでくることもするわ」

「む？　ということはレーシェ……いや副村長殿？」

　商人(ネル)が割って入った。

「副村長殿は、副村長であると同時に木こりでもある……ならば、この広場に薪を運んで積み上げたのは」

「わたしよ」

　そう答える副村長(レーシェ)本人も、商人(ネル)の質問の意図に気づかぬはずがない。

　――村長は焼死体だった。

　山のように積み上げられた薪が、燃料として使われた可能性は大きい。そして副村長(レーシェ)が、火を付けるために薪を予(あらかじ)め運んでいた可能性は？

　……いや。

　……でも本当にそうなのか？

　副村長(レーシェ)が火を付けたとしよう。燃料に薪を使ったとしよう。

　ならば『木こり』自供はありえない。

　商人(ネル)が疑ったように、今の発言は自分が疑われるだけで一切の得がない。薪を運ぶという話は隠せばよかった。

　……つまり副村長(レーシェ)は自信を持ってる。

　……今の自供は、自分が火をつけていないという自信の表れか？

「わたしは村長の右腕として何年も村に貢献してきたし、木こりとしても村に尽くしてきたわ。村の平和を守るのがわたしの仕事よ！」

レーシェの自己紹介が終わる。

続いては――

「副村長権限で次を決めるわ。農家！」

「そんな権限がっ⁉」

指名されたミランダ事務長が小さく悲鳴。

まだ心の準備が……と言いながらも、コホンと一つ咳払いして。

「私は農家だよ。採れたての農作物が自慢でね、パン屋で使っている小麦もウチの小麦畑で採れたものだ。そして趣味はワイン作り。新鮮なブドウを使った赤ワインを村長に届けることもあるように、村長とは良好な関係だった」

ここでも情報が一つ。

パン屋の小麦は農家から供給されたものらしい。

危なかった。もしも「小麦は俺が自家栽培している」などと言っていれば、この時点で矛盾が生まれていたわけだ。

……パン屋と農家は友好関係がある。

……予想どおりだけど、今のところ全員が村長と仲が良いんだな。

残るはネル、ケイオス、そしてアリッサ秘書官。

続いて誰が——

「全員動くな！」

ケイオスが一歩前に出た。

普段の捉えどころのない口ぶりから一転、狩人然とした勇ましい口調で。

「俺は狩人だ！　知っている者もいると思うが、実はこの村では、数人の村民が謎の失踪を遂げる事件が起きていた」

ドキッ。

広場の誰もがぎょっと目を剥いた。

フェイもだ。人狼である自分は、まさにその「友人の人狼がこの村で失踪した」ことが理由でこの村にやってきた。

「俺は、失踪事件の犯人捜しを村長から依頼されていた。ゆえに俺が村長を殺すわけがない。この情報を提示したことからも、探偵側だと信頼してほしい！」

口調もだが、何よりその内容が力強い。

狩人であり探偵役であることをここまで断言したのは、これが後ほど嘘だという事実が出ないと確信しているからだろう。

……ケイオス先輩は真っ白だ。間違いなく犯人を捜す役。

……狩人っていう立場があるし、今のところ犯人（オレ）とは正反対の立場に見える。

となれば気になるのは能力と目標（ミッション）だ。

人狼（じんろう）に特殊能力があったように、狩人が、肩に担いでいる銃で「犯人を撃つ」能力や目標（ミッション）を与えられていても不思議ではない。

根拠は、フェイの能力２。

能力２『牙には牙を。爪には爪を』：？？？フェイズにのみ発動可能。
村人一人の攻撃に対してカウンター攻撃を行う。

狩人の攻撃を避（よ）けるための能力。

そう考えれば、鮮やかなほどに能力２が説明できる。が——

……気をつけないとな。

……人狼を狩るっていう能力と目標（ミッション）が一人とは限らない。

その根拠は副村長（レーシェ）である。

副村長には、副職として「木こり」が隠されていた。他にも裏の役柄を持つ者がいるのは想定した方がいい。

「では、次は私が！」

続いてネル。

「私は商人だ。一年に一回この村を訪れる。ここは都市から離れているから貴重な灯油や機械設備などを供給している。村長からの信頼も厚く、よく屋敷に招かれていた」

商人は、唯一の「村の住人ではない」存在だ。

例外的な立ち位置ゆえに例外的な目標（ミッション）を秘めていてもおかしくないが、今の自己紹介からはその断片は見つけられない。

ただし――

ヒントは言葉だけではない。

ネルが背中に担いだ大きなリュック。商人の装いとしては不自然ではないが、あの中にいったい何が入っている？

『ネル様、ありがとうございました』

『では最後の方どうぞー』

すべてのまなざしが一斉に注がれる。

今まで緊張気味に口を閉ざしていたアリッサ秘書官がこくんと息を呑（の）み、そしておずおずと口を開いた。

「私は……花屋です……」

知ってる。右手に花籠持ってるし。

内心、誰もがそう突っ込んだことだろう。

「私はええと……草原に生えた花を摘んできて……」

「草原に生えた花だと⁉」

花屋(アリッサ)の言葉を断ち切るように、ケイオスの声が轟(とどろ)いた。

「狩人である俺に言わせれば、村の外にある大草原には狼(おおかみ)が出る。迂闊(うかつ)に一人で外に出てはいけないはずだが、それを一人で花を摘みに出るとは……さては……」

「あ、怪しくありません⁉」

ギクリと狼狽(うろた)える花屋。

ただ緊張しているだけとは思えない。この慌てぶりは、言葉の鎗(やり)で急所を刺されたかのような取り乱し方ではないか。

「外に出るといっても村のすぐ傍(そば)です。狼も夜行性ですから……ええと昼に行けば……」

「ふぅん？」

「怪しいな花屋殿」

「わ、私は怪しくありません！　ただの花屋です！」

副村長(レーシェ)と商人(ネル)にもジト目で見つめられ、花屋がこれでもかと首を振ってみせる。

「と、とにかく自己紹介は以上です！」

『ありがとうございましたー』

端子精霊（ミィプ）二体が顔を見合わせて、クスクス笑い。

『試しにアンケートをとりましょう』

『これはゲーム本編には一切影響がありません。今の自己紹介、一番怪しいと思った方を全員で指さしてみてくださいませ』

プレイヤー六人が一斉に、残る一人を迷わず指さした。

花屋（アリッサ）を。

「し、失礼な――――っっ!?　根拠は何ですか！」

「メタ読みだ」

「……はい？」

「花屋は知らない用語だったか？」

きょとんとクビを傾（かし）げるアリッサ秘書官へ、即座に返したのはケイオスだった。

「……はい。ええと？」

「ゲームの要素だけではなく、神の思惑まで考慮した推測だ」

つまりこういうことだ。

そう前置きしたケイオスの説明は――

「マーダーミステリー愛好会会長の俺に言わせれば、マーダーミステリーの犯人は、いかにも殺人を犯しそうもない無関係を装う女であることが多い。つまり花屋！」

「ゲームと関係ない判断材料ではないですか⁉」

花屋という大人しい仕事。

花を愛でるという可憐な印象だからこそ、その裏を掻いて犯人ではないか——ケイオスの推理は、まさに「一般ミステリーあるある」を逆手に取ったといえる。

……でも事実、花屋は何か隠してそうな雰囲気がある。

……一言一言がかなり慎重だった。自己紹介でうっかり口を滑らさないためか？

ゆえにフェイも花屋を指さした。

村長を殺害した犯人は自分で、当然、それを誤魔化さなければならない。

『現時点では、花屋さんに疑いの目が向けられているようですね』

『はてさて、これがどう変わっていくのか！　僕らも楽しみです！』

双子の端子精霊がクスクス笑い。

……事実その通りだ。

……殺人事件の謎を解く情報次第で、どんな結末だって起こりえる。

犯人が求める情報は二つ。

一：プレイヤー七人のうち探偵は何人いて、それは誰なのか。

二：村長の焼死体の謎。

まずは探偵役の考察――

ほぼ確実なのが狩人(ケイオス)だが、他にも探偵役の目標(ミッション)を秘めた者がいる可能性が高い。

……探偵役が二人以上いる場合。

……ケイオス先輩なら、あえて自分を目立たせることで二人目を隠すくらい当然やる。

続いて焼死体の謎――

村長の遺体を焼いたのは誰か？　何のためか？

これが通常のミステリーならば、居合わせた人物たちは謎の解明のため情報を積極的に公開するだろう。

この遊戯(ゲーム)は、神がそれを許さない。

――人間側の勝利条件は、『全員が、最低一つずつ目標(ミッション)を達成すること』。

これがとにかく厄介だ。

この勝利条件のせいで、プレイヤー同士が迂闊に情報共有できなくなる。

犯人には「犯人だと悟られないこと」という目標(ミッション)がある。

探偵には「探偵だと悟られないこと」という目標(ミッション)もあるだろう。

過度な情報共有は、自分の目標(ミッション)達成を遠ざける。

……それを考慮にいれるなら。

……犯人(オレ)は、同じ犯人側のプレイヤーを探すべきなのかもしれない。

この殺人事件は恐らく一人では解けない。

犯人のプレイヤーは、犯人側プレイヤーとの協力が必要になるだろう。

ゆえに、このゲーム攻略は――

ステップ1：事件の謎を解く情報探し。
ステップ2：情報を共有できる犯人側と、共有できない探偵側を見極める。
ステップ3：殺人事件の謎を解く。（犯人側(フェイ)なら遺体が焼かれていた謎など）
ステップ4：プレイヤー七人が、各自で目標(ミッション)達成を目指す。

理論上は、謎が解けなくても目標(ミッション)が達成できればいい。

だが真相を解明せずして目標(ミッション)が達成できるほど、このゲームは楽ではあるまい。真相解明と目標(ミッション)達成はおそらく密接に結びついている。

『では皆さま！』

双子の端子精霊(ミィプ)の声が、美しいほどに重なった。

『第1調査フェイズの開始です！』

――事件1日目『昼間』・第1調査フェイズ開始――

『今日は、村長の予言した大災害が村を襲う日でした』

『大災害を防ごうと、昨晩の村長は大切な儀式をしていたようですが……翌朝、広場に集まったあなた方が見たものは、焼けただれた村長の遺体だったのです』

それが「今この瞬間」だ。

犯人は、村長が広場にいることを知っていた村の住人だろう。そこで村民が調査を始めるというストーリー。

探偵側は、殺人事件の犯人捜しのために。

犯人側は、村長が焼死体になった謎の解明のために動きだす。

『この調査フェイズでは、村民の家を捜索できます。ただし調査は一人一箇所。二人が同時に調べることはできません。空振りにならぬよう、自分が解き明かしたい謎と関わりが深いと思われる場所を捜すことをお勧めします』

調査フェイズ 調査9箇所

Murder Mysteries : Everything turns red.
-Survey phase

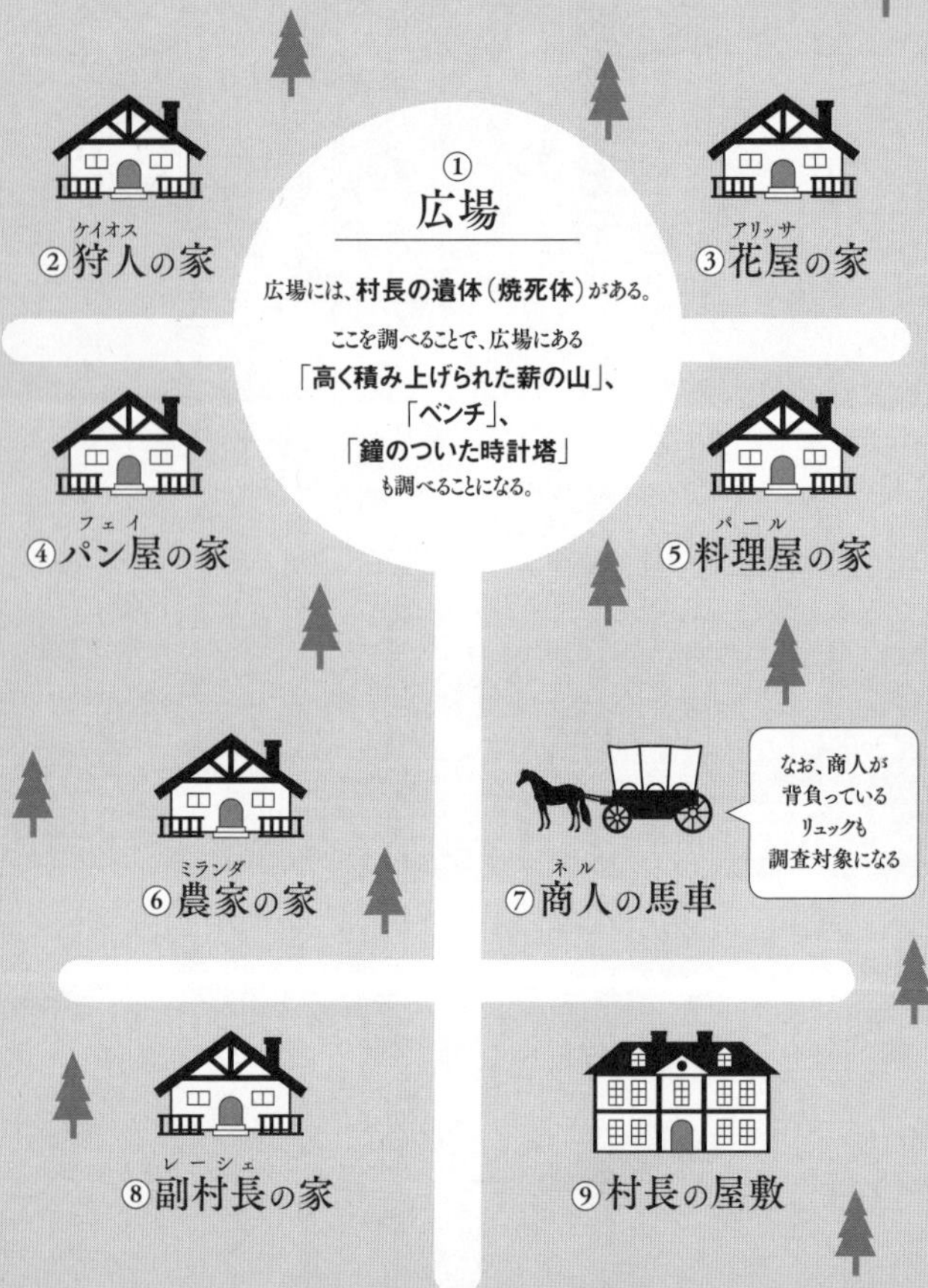

①広場

広場には、**村長の遺体（焼死体）**がある。

ここを調べることで、広場にある
「高く積み上げられた薪の山」、

「ベンチ」、

「鐘のついた時計塔」

も調べることになる。

②狩人（ケイオス）の家

③花屋（アリッサ）の家

④パン屋（フェイ）の家

⑤料理屋（パール）の家

⑥農家（ミランダ）の家

⑦商人（ネル）の馬車

なお、商人が
背負っている
リュックも
調査対象になる

⑧副村長（レーシェ）の家

⑨村長の屋敷

プレイヤーは七人。
調査場所は九つ。
この時点で明らかなのは、調査フェイズで必ず二箇所の調査漏れが発生すること。
……場所選びの時点で手が抜けないな。
……重要な情報を探し漏らした時が痛すぎる。
『調査フェイズには一定の調査時間が設けられています』
『広場の鐘が鳴ったら戻ってきてください。早い者勝ちですよ！』
犯人視点では、村長の焼死体の謎を解明したい。
だが素直に調査先を選べば、「自分が何を知りたいのか」が六人にバレる恐れもある。
まずは他プレイヤーの出方を見るか？
と思った矢先に――
「はい！」
そんな沈黙を吹き飛ばす勢いで、料理屋パールが颯爽と手を挙げた。
「あたしは商人さんを調べます！」
「……なんだと!?」
背負っているリュックを指さされ、商人ネルがハッと目を見開いた。
自己紹介を完璧にこなした自負があったのか、まさか自分が疑われるとは思ってもいなかったに違いない。

「そのリュックが怪しいのです！」

「ま、待てパー……いや料理屋！　私は潔白だ、私の大きなリュックを調べたところで、何一つ怪しいものは出てこない！」

「ははーん？　その割には反応が大きいですねぇ？」

ニヤニヤ顔で迫る料理屋。

「しかし安心してください。あたし、商人さんが村長殺しの犯人だと疑っているわけではありません」

「……どういうことだ。私を疑っていないのに、私の荷物を調べるだと？」

不審げに目を細める商人(ネル)。

その反応さえ愉快そうに、料理屋(パール)が近づいていって。

「あたしの狙いは別にあるのですよ。あるアイテムが欲しいのです」

「っっ！」

商人(ネル)が、ガバッとリュックを抱きかかえた。

「……まさかパール、いや料理屋！　お前の狙いは！」

「身に覚えがあるでしょう！」

動揺を隠せない商人。

そこへ料理屋がにじり寄っていく。

『では料理屋さん、商人さんの馬車へご案内～』

『他の方も決めてくださいねー。同じ場所を調べることはできませんよー』

「……決めた」

リュックを地面に下ろした商人が、意を決した表情で手を挙げた。

「私も調査先を決めた。料理屋の家を対抗調査する選択肢もあったが、私はレーシェ殿、いや副村長殿の家を調べさせてもらう！」

「っ！」

レーシェがピクッと反応。

今の反応から察するに、副村長にも何らかの秘密があるらしい。

「もちろん構わないわよ。じゃあ私は……確かめたいことがあるから広場にするわ」

副村長のレーシェは、広場に留まる宣言。

続いて――

「私もよろしいでしょうか」

花屋、つまりアリッサ秘書官が手を挙げた。

先ほどの動揺も鎮まったらしく、今は秘書官らしい落ち着きはらった口ぶりだ。

「私は、パン屋さんの家を調べます」

来た。

覚悟していた宣言に、フェイは表情を変えずに頷(うなず)いた。

「ちなみにだけど、もし良かったら教えてくれないか。俺の家を調査するのは、俺が何か怪しかったりするから？」

「いいえ」

花屋(アリツサ)が真顔で即答。

「村長は焼死体でした。火を付けて殺害されたと思われますが、村長は本当にここで殺害されたのか定かではありません」

「……ああ、なるほど」

村長は別の場所で殺され、広場に移動させられた可能性もある。

たとえばパン屋なら、パンを焼く用の薪(まき)があるかもしれない。それで村長の遺体を燃やすことができるのでは？

それが花屋の推理だ。

……事実とは違うけど、可能性を追うという意味なら鋭い。

……殺人犯を捜そうとする強い意志がある。

探偵寄りの立場だ。

一方で、殺人犯(フェイ)視点では不幸中の幸いと言えるかもしれない。

……人狼（じんろう）の俺は、村長を広場で襲って切り裂いた。

……だから俺の家を調べても殺人の証拠は出ない。焼死体についてもだ。

気になるのは副村長（レーシェ）だ。

広場で調べ物をするということは、まさに殺害現場から何かしらの重大証拠が出てくる可能性がある。

……俺も、広場を調査するのは候補の一つだった。

……村長を焼いた「何者か」に迫る証拠が見つかるかもしれない。

それが副村長の可能性もある。

副村長が広場を調べることで、その証拠を隠蔽される恐れもあるだろう。先を越される形になった。

「――――」

いまだ黙考中の農家（ミランダ）、狩人（ケイオス）。

その二人の横顔を一瞥（いちべつ）して、フェイは手を挙げた。

「俺は、村長の屋敷を見てみたい」

自分（フェイ）の勘だ。

村長の屋敷は、おそらく殺人犯にとっての救済措置。

なぜなら村長こそが失踪事件の黒幕であることを、人狼の自分だけが知っている。

……村長の悪事を炙り出す証拠があれば。

……それを示せれば、犯人に同情してくれるプレイヤーもいるかもしれない。

残るは二人。

「よし！　端子精霊君、質問があるんだが」

ミランダ事務長が、空に浮いている端子精霊を手招き。

「実はね」

そしてヒソヒソ話。

「……というわけで……家を…………アリかい」

『なるほど！　農家さんは自分の家に証拠があるのが怖くて自分の家を調べたいと！』

「なんで大声でバラすんだい!?」

『ダメです！』

「しかも否定かい!?」

『今は誰が犯人なのか互いの家を調べている状況です。自分の家に戻れば、殺人の証拠を隠すことができてしまいます。それを互いに禁じあっているストーリーです』

「それを最初から言うべきだろう――――っ!?」

頭を抱える農家。

だが時既に遅し。会話を聞きつけた狩人が、バッと勢いよく振り向いた。

「俺の予想どおりだな事務長……いや農家！　見られたくないものがあるとみた！」

「な、何のことかな狩人君！」

「隠しても無駄だ。俺は昨晩、ある恐ろしいものを見てしまった！」

「何だって!?」

　農家の顔がみるみる青ざめていく。

「……まさかアレを見ていたと!?」

　先ほど料理屋(バール)に名指しされた商人(ネル)にも動揺はあったが、これはその比ではない。致命的な弱みを握られた者の表情だ。

「この勝負、早々にケリがつくだろう」

　ふっと口元に微笑を浮かべたケイオスが、空中の端子精霊(ミイプ)に首肯。

「俺は、農家の家を調査する」

『承知しましたー。では農家さん、最後に残ったのはあなただけですよ』

「くぅ……っ！」

　唇を噛(か)みしめる農家。

　どうやら今のやり取り、互いに相当な情報を抱え合っているに違いない。

「……なら私は、料理人君の家を調べるとしようかな」

『では案内しましょう』

『広場には副村長一人が残ります。農家さん、狩人さん、パン屋さんは移動してください』


ラタターン村、村長の屋敷。

ちょうど高台にあたる屋敷は、その玄関から村のすべてが見渡せる。

「……へえ。村長の屋敷はこういう利点もあるのか」

村の全景——

大きな赤煉瓦(あかれんが)の家は、副村長(レーシェ)の家だろう（商人(ネル)が調査中）。

畑に囲まれているのが農家(ミランダ)の家。（狩人(ケイオス)が調査中）。

煙突付きの丸太の家が、パン屋(フェイ)の家（花屋(アリッサ)が調査中）。

大きめな白ペンキの家が、料理屋(パール)の家（農家(ミランダ)が調査中）。

コテージのような丸太造(づく)りの家が、狩人(ケイオス)の家。

美しい花々が咲く庭園に囲まれているのが花屋(アリッサ)の家。

村の中央には広場があり、副村長(レーシェ)が跪(ひざまず)いて地面を調べている。

広場から少し離れた場所に商人(ネル)の馬車が止まっており、こちらは料理屋(パール)が調査中。

……調査フェイズは二回ある。

……いま調べが入ってない狩人と花屋の家は、二回目で要チェックだな。

調査状況はおおむね掴んだ。

そして自分が調査するのは、村長の屋敷だ。

屋敷は二階建の木造。家も広いが敷地もかなりのもので、庭には倉庫まで建っている。

「あれ？　村長の屋敷って、この倉庫も調査できるのか？」

屋敷をゆっくり観察しつつ、裏庭へ。

黒い煉瓦造の倉庫は見るからに頑丈で、扉には強固な南京錠が掛けられている。

「……開かないか」

南京錠のせいで、人狼の腕力をもっても開けられない。

「それとも開かない設定か？」

倉庫は諦め、屋敷の玄関へ。

これも鍵がかかっているか？　そう覚悟して力を込めた途端、玄関の木造扉がギィ、と

あっさり開いていった。

「っ。開・い・てる？」

おかしい。屋敷の扉が開いているのは奇妙ではないか。

〝皆様は、誰が犯人なのか互いの家を調べている状況です〟

端子精霊(ミィプ)は先ほどこう言った。

たとえばパン屋(フェイ)の家は、花屋(アリッサ)が自在に入ることができる。

これは家主(フェイ)が花屋(アリッサ)に鍵を渡した設定だからだ。調査したいと言われたら鍵を渡さなければならない。

……商人なら馬車だけじゃなくリュックもだ。

……調査対象に選ばれた時点で、その者は情報提供に協力する決まりになってる。

だが村長は？

既に死んでいる村長は調査に協力できるわけがない。

「村長の屋敷なんだから、扉を開けるには家の鍵が必要……でも俺は村長の家の鍵なんか持ってない。遺体に残ってるかどうかも知らない。なのに扉が開いたってことは……」

この扉は、昨晩からずっと開いたままだった。

そうとしか思えない。

……ただの閉め忘れとは思えない。

……村長が家を出た時に、扉を閉めることをしなかった理由があるのか？

屋敷の中へ。

リビングへ一歩入った途端、天井の強い明かりがフェイの瞼(まぶた)を灼(や)いた。

「っ!?　リビングの電気も点(つ)いたままか！」

昼間ゆえ外からは気づかなかった。

なぜか村長の屋敷は、リビングの明かりが点けっぱなしだったのだ。

……扉には鍵がかかってないし。

……リビングも電気が点けっぱなし。

村長は、この状況で外に出た（＝広場に向かった）と考えられる。

「それが奇妙なんだよな。本当は几帳面のはずだし……」

フェイが注目したのは家具だ。

机も足下の絨毯も特注品だろう、壁際の本棚もすべて年代物の風格がある。そのすべてが几帳面に並べられている。

「その村長が、事件の夜だけは電気を消さず施錠もせずに外に出た……」

現時点ではわからない。

一方で、自分が求めているのは、村長が村の失踪事件の犯人だという証拠である。

リビングに無いのであれば——

「こっちは？」

リビングの奥は、書斎だった。

年代物であろう木のテーブルと、壁の両脇にも古びた書棚と古びた本の数々。その中で、壁に飾られている女性の絵画だけが真新しい。

と思った瞬間——
フェイの目の前に、鮮やかな文字が浮かび上がった。

【『村長の屋敷』情報①】

書斎の絵画。

穏やかな笑みを浮かべた初老の婦人の絵には、『最愛の人』と題名がつけられていた。


「これが情報か！」

婦人の絵画。

最愛の人という題からも妻の肖像画に違いない。

「愛妻家だったのか。……おかしいな。村長の黒い本性を調べるために来たってのに」

想定していた情報と正反対だ。

パン屋（人狼）の役資料から、村長は何かを企んでいるように読み取れた。

……役資料には無かった村長の一面だ。

……これは上手いこと先入観の裏を行かれたな。

推測も一からやり直しだ。

村長の人柄に対し、大きなイメージ修正が求められるかもしれない。

「っ。鐘の音？」

遠くから荘重な鐘の音が響いてきたのは、その時だった。

広場の鐘に呼ばれている。

『はーい皆さま』

続いて聞こえてくる端子精霊（ミィプ）のお知らせ（アナウンス）。

『調査フェイズが終了しました。速やかに広場にお戻りください』

事件1日目『夕方』　第1報告フェイズ

調査フェイズ後――

フェイが広場に到着したのは五番目だった。

村長の遺体を調査していた副村長（レーシェ）が当然の一番。先についていたのは順不同で商人（ネル）、狩人（ケイオス）、農家（ミランダ）。そこにパン屋（フェイ）という流れだ。

「……あれ？　村長の遺体は？」

「向こうだよ」

村長の遺体がないと思ったら。

農家が指さしたベンチ周辺が、薄地の衝立（パーティション）で囲まれて見えなくなっている。

「以後、村長の遺体を確かめるには、調査フェイズで村長を調べなきゃいけないらしい」

「ああなるほど」

遺体も一度は調べたい。

少なくとも殺人犯にとっては嬉しくない証拠が隠れているはず。

……だけど、いっそ良い判断材料だ。

……副村長が探偵役なのか、それとも犯人の協力者側なのか。

村長の遺体から得られる情報は、犯人の特定に役立つだろう。それを公開するか隠すかで、副村長の立場が推測できる。

「お待たせしました！」

「遅れてしまい申し訳ありません」

料理屋と花屋も合流。

「遅いわよ二人とも」

そう返事する副村長は、広場に積んである薪を抱えて運搬中である。

「……何してるんですかレーシェさん？」

「副村長よ。見ればわかるでしょ」

「……薪を運んでいるように見えますが」

「キャンプファイアーの準備よ。今から報告フェイズだけど、この草原はすぐに日が落ちて暗くなるから火を灯(とも)してくださいって端子精霊(ミイブ)に言われたの」

重そうな薪(まき)を両肩に担いで運搬中。

……ってか、今さらだけどあの薪めちゃくちゃデカいな。

……ほとんど切り株みたいな太さしてるぞ!?

一本一本が人間の大人ほどある。

それを両肩に担いで何往復もしているのだから、とてつもない力業である。「中の人(プレイヤー)」がレーシェだから当たり前と勘違いしそうになるが、そうではない。

ゲーム内で出来ることは、役資料(ハンドアウト)の設定に縛られる。

副村長は、それだけ力自慢のキャラなのだ。

「できたわ！」

『それでは早速ファイアー・オン！』

レーシェの積み上げた薪に火が付く。

これもゲームイベントなのだろう。うっすらと赤らんでいた空が、キャンプファイアーの薪に火が付いた途端にみるみる暗色に染まっていく。

「――――」

「ずいぶん真剣に見てるわねぇ」

「ひゃっ!?　ひゃいレーシェさん……じゃなく副村長さん、何でしょう!?」

炎を見つめていたパールが、レーシェに肩を叩かれてハッと振り返る。

「妙に静かだったわね。いつもなら『わぁ、ロマンチックなキャンプファイアーです

う！』ってはしゃぐのに」

「そ、そそそんなの言わないですよ！」

首をブンブンと振る、料理屋。

本人はああ言うが、動揺しすぎているのは明らかだ。

『はい静粛にー！』

『これより報告フェイズですよー』

端子精霊二体が手を叩いた。

炎に照らされオレンジ色に染まった七人のプレイヤーを見回して。

『皆さま、様々な情報とアイテムを手に入れたことでしょう。この報告フェイズは、事件の謎解きのための情報交換会ですが、もちろん情報開示は任意です。とはいえ沈黙も良し、嘘をつくのも良しです』

『時間は、このキャンプファイアーの炎が消えるまでとします』

広場に緊張がはしる。

自分が手に入れた情報をどこまで公開すべきなのか。たとえば自分に不利な情報ならば、それは黙っていた方がいいだろう。だからこそ――

「パン屋の俺から話していいか」

フェイは率先して手を挙げた。

真っ先に情報を公開することで、自分の潔白（シロ）を印象づける。

「俺は村長の屋敷を調査した。理由は犯人の動機を知ることだ。誰が村長を殺したのか、その動機の手がかりが見つかればと思った。俺が調査したのは屋敷のリビングと書斎で、その書斎にあったのが――」

「何か見つけたのだな、パン屋殿！」

すかさず食いついてきたのは商人（ネル）だ。

「いったい何が！」

「妻と思われる絵画があった。たぶん愛妻家だったんだと思う」

「……愛妻家？」

商人が目を丸くする。

どうやらまったく違う情報を期待していたらしいが。

「……なんと。私は聞いたことがなかった。それは本当かパン屋殿？」

「わたしも初耳ね」

「俺もだ」

そこに応じる副村長（レーシエ）と狩人（ケイオス）。

黙ったままの料理屋(パール)と花屋(アリッサ)、農家(ミランダ)も驚きに目を丸くしている。

――誰も知らない村長の一面。

殺人事件の謎と直接関わるかは不明だが、全員にとって新情報と言えるだろう。

「俺も驚いた。村長はあまり他人と接していないように思ってたけど、こんな一面があるのは知らなかった」

そう話す一方で、フェイはまた別の観点での考察を進めていた。情報の中身ではなく、この調査フェイズそのものについて。

……村長の屋敷情報①っていう数字がヒントだ。これは②、③があることの示唆。

……あの屋敷にはまだ情報が眠ってる。

情報①の絵画は、事件との関連性は薄かった。

情報②・③と進んでいくことで、より重要度の高い情報が見つかるかもしれない。

「俺は以上だ。次は？」

「任せて！　わたしが超有力情報を見つけてしまったわ！」

燃え上がる炎を前にして、炎よりも強く輝く炎燈色(ヴァーミリオン)の髪が大きくなびいた。

副村長(レーシェ)が勢いよく名乗りを上げたのだ。

「わたしはこの広場に残り、村長の焼死体を調べることにした。結果、この情報カードを手に入れたのよ！」

掌に収まる大きさのカード。

フェイの情報取得時にはなかったものが光輝き、虚空に文字が投影された。

【広場・情報①】

村長の遺体を調べた結果、あなたは重要な事実に気づく。

焼けた遺体は、胸と背中に大きな損傷がある。

「……何っ⁉」

フェイを含む六人から、一斉に驚愕の声が溢れでた。

これは・・・ヤバい。

焼け死んだと思われていた村長の死因が、実はまったく別であるという情報。殺人事件の情勢が一気に傾きかねない。

……だけど待てよ、胸の傷？

……人狼が襲ったのは村長の背後だぞ。

胸の傷は違う。

この傷は、村長を正面から襲わない・・・・・・・とできないはずだ。

「わかりましたぁぁぁぁっっっ！」

突然だった。

じっと口を閉じていた料理屋(パール)が、拳を夜空に向けて突き上げた。

「商人さんの馬車から、こんなものが出てきたのですよ！」

懐から取りだしたものは情報カード。

そこに描かれていた「銃」が、立体映像のごとく宙に浮かび上がっていく。


【商人・情報（アイテム）①】

護身用の銃。弾倉に弾が込められているが、なぜか一発分が空になっている。


「それは……!?」

商人(ネル)の頬(ほお)が引(ひ)き攣(つ)った。

その反応でいよいよ自信を深めたのか、料理屋が胸を張ってみせる。

「商人(ネル)さんはこの銃で村長を射殺し、炎で焼いて証拠を隠滅しようとしたのです！」

「待ってくれ！」

商人(ネル)が両手を前に突きだした。

「その銃は護身用だ。各地を渡り歩くときに必要で……」

「ほほう？　では、なぜ一発弾がないんでしょうか？　どこで使ったのですか？」

「……ぐ、ぐぅっ！」

「端子精霊（ミイブ）に確認したところ、情報（アイテム）と記載されたカードは、実際の所有物を没収した証（あかし）だそうです。あたしが商人さんの銃を預かりました！」

商人は銃を失って――

かわりに料理屋が銃という強力な武器を得た。

……今のところ取得アイテムは証拠として保持するだけ。

……そう思わせておいて、いつ使用可能になるかわからないよな。

狩人以外にも銃を持つプレイヤーがいる。

人狼（じんろう）の自分（フェイ）には歓迎したくない事実だ。

「決まりです、犯人は商人（ネル）さん――」

「待て！」

鋭い声が、広場に響きわたる。

発したのは商人（ネル）ではない。今まで黙して様子を窺（うかが）っていた狩人（ケイオス）だ。

「答えを出すには早いぞ料理屋」

「ど、どういうことですか狩人さん!?」

「銃。それは確かに村長殺しの武器として有力だが、それも一つの容疑にすぎないはずだ。商人が銃を撃ったところを見たのか？」

「……そ、それは……」

そう問われると料理屋も返せない。

なにせ事件の目撃者など、そんな都合よく現れるはずが――

「俺は見た」

「えっ!?」

「だが見たのは商人が村長を撃つところではない。俺が見たのは農家だ」

「何ですってっ!?」

血相を変えた料理屋が、弾かれたように背後を振り返る。

そこには――農家すなわちミランダ事務長が、真っ青な顔で立ち尽くしていた。

「ま、まさか……」

わなわなと農家の肩が震えだす。

「狩人君、アレを見たというのかい！」

「そうだ」

鋭い眼光で応じる狩人。

「忘れもしない昨晩23時過ぎ。広場で血塗れになって倒れた村長がいて、そこには農家がいた。そして農家がなんと、手に付いた村長の血を舐め取っていたではないか！　これは間違いなく殺人犯の仕業！」

ざわっ。

狩人の目撃証言に、全員がゾッと農家から飛び退いた。

「怖いです――――っ！」

「なんとおぞましい凶行だ！」

悲鳴を上げる料理屋と商人。

そして不穏な所行が目撃された農家も、「くぅう……」と苦しげなまなざしだ。

「俺の報告を続けよう――つまり血に狂った殺人犯は農家だったのだ。村長を殺し、その血を舐める所業。俺はそれを不信に思い、農家の家を探索した。そこで俺は大量の赤ワインを見つけてしまった！」

情報カードを取りだす狩人。

カードに描かれた大量のワイン瓶が、空中に絵として現れていく。

【『農家の家』情報①】
大量すぎる赤ワイン。血のような色味だが、血ではない。

「ま、待ってくれたまえ！　ほら、ちゃんと本物の赤ワインじゃないか！」

両手を広げて、「私は無実だ」とばかりに訴える農家。

「私の畑で育てたブドウが豊作すぎてね、それで赤ワインを仕方なく作ったというわけさ。何も怪しくないんだよ！」

怪しすぎる。

真の殺人犯であるフェイさえ、「手に付いた村長の血を舐めていた」という行為には鳥肌が立ったほどだ。

「ま、待ってください」

涼やかな声が、広場に響いた。

その場の全てのまなざしが注がれるなか、赤い頭巾を被った秘書官アリッサがおそるおそる手を挙げているではないか。

「花屋からも報告したいのです。……ちなみに狩人さん。先ほどの話、細かいようですが、本当に一言一句正しいでしょうか」

「？　どういう意味だ？」

「狩人さんは『忘れもしない昨晩23時過ぎ』と仰っていました。しかし私は、24・・・時過ぎに・・・生きている村長と話をしているのです。村長の屋敷で」

「なにっ!?」

狩人が目を見開いた。

だが彼の背後にて、真に驚いたのはフェイの方だ。

……24時過ぎに村長と話した？　……人狼(おれ)が村長を殺害したのは23時だぞ！

村長を殺して広場を立ち去った。

ちょうどその時、23時を告げる鐘の音が鳴ったと役資料(ハンドアウト)にもある。その点で自分(フェイ)と狩人(ケイオス)は時系列が合っている。

【23時】

人狼(フェイ)が、親友のネックレスを持っていた村長に襲いかかる。

この広場で背中から切りつけて殺害。

【23時過ぎ】

狩人(ケイオス)の目撃情報。

血塗(ちまみ)れの村長が倒れており、農家(ミランダ)がその手についた血を舐(な)め取っていた。

（血濡(ちぬ)れているなら焼死体ではない？）

【24時過ぎ】

花屋(アリッサ)の証言。

村長の屋敷で、生きている村長と話をした。

「奇妙だな」

狩人が、口元を引き締めた。

「話が食い違うこともそうだが、花屋、そもそも24時という真夜中に、なぜ村長の屋敷に向かったのだ？」

「……そ、それは！……言えません」

花屋が両手を交叉して「×」マークに。

しかし狩人の指摘も的を射ている。少なくともパン屋と狩人は、村長が死んでいるのを23時台に確認している。

花屋が嘘を吐いてる？

しかし嘘をつく理由がフェイには思いつかない。

「もう一つ。花屋よ、その夜更けに村長と会ったなら、村長はどんな格好をしていた？血塗れではなかったか？」

「————」

花屋が一瞬押し黙る。

「……いえ。私が村長と話したのは屋敷の外です。私が屋敷を訪れて、けれど村長は姿を見せずに扉の向こうから話しかけてきました」

「何っ？　それでは声の主が本当に村長なのか確証はないな」

「そ、それはそうですが……」

　花屋が口ごもる。

　おそらく花屋も直(じか)に村長の声を聞いたわけではない。昨晩の出来事ならば『花屋』の役資料(ハンドアウト)に書かれていたと見るべきだ。


〝あなたは24時、扉ごしに村長と話した〟


――と言った感じにだ。

　だが、そうだとすれば逆に信憑性(しんぴょうせい)が跳ね上がる。役資料(ハンドアウト)の情報は推理を進める上での大前提。間違っているわけがない。

……23時台に村長が死んだと主張しているのがパン屋(フェイ)と狩人(ケイオス)。

……24時に村長が生きていたと主張するのが花屋(アリッサ)。

矛盾する。

　もちろん犯人(フェイ)視点では花屋(アリッサ)がおかしいのが明らかだが、残るプレイヤーにはどちらが正しいか見極めはつかないだろう。

花屋（アリッサ）は、なぜ誤った情報を流す？

いくつか思い当たる可能性はあるが。

……一個だけ、絶対に見逃せないものがある。

……このゲームを通じて、俺たちが最後まで警戒しなくちゃいけないものだ。


花屋（アリッサ）＝超獣ニーヴェルンである可能性。


村の入り口で神（ニーヴェルン）は待ち構えていた。

それと入れ替わりで、広場に現れたのがケイオスとアリッサ秘書官の二人。村の入り口で消えた神が、この二人どちらかになりすましたとすれば？

真実を追究するのが人間側（プレイヤー）。

そこにウソの情報を混ぜ、互いを疑心暗鬼にさせるのが神だとしたら？

……言うなれば、神がプレイヤー側に紛れこむ。

……だとしたらアリッサ秘書官以上の適任はない。俺らがほぼ面識がないからだ。

もちろん可能性は高くない。

だが最後まで記憶の片隅に留（とど）めておくべきだろう。

「花屋よ、他に話しておきたいことは？」

「あります！　私……先ほどの調査フェイズでこんなものを発見しました！」

花屋が取りだしたのは情報カード。

その調査先は、パン屋――


【『パン屋の家』情報①】

料理屋から購入した大量の冷蔵肉が置いてある。パンに使った形跡はない。

・・・しまった。
心中、フェイは背筋から汗が噴きだすのを感じていた。

嘘にも満たない「ほんの小さな誤魔化し」が、まさか矛盾になり得るとは。

「これはおかしい気がします……！」

案の定、発見者である花屋が声を張り上げて。

「パン屋さんは、料理屋でステーキ定食を食べているのは、ステーキパンを考案中だからと説明しました。ですが家に保存されていた大量の肉は、まるでパンに使われた形跡がない。いったい何に使っていたのでしょう？」

「ほほう？」

劣勢だった農家が、ここぞとばかりに目を光らせて。

「つまりパン屋君の証言はフェイクだった。ステーキ定食を振る舞っていた料理屋君は、この事実を知っていたのかな？」

「し、知りませんでした……！」

料理屋（パール）がコクンと息を呑（の）む。

震える指先を、こちらに突きつけて。

「これは怪しい！　アタシの勘が言っています！　パン屋さんこそが犯人だと！」

勘で言わないでくれ。

しかも本当に正解だからタチが悪い。

……俺の疑いすぎか？

……花屋（アリッサ）が俺の家をたまたま調査し、俺の正体を示唆する情報を見つけたこと。

神（ニーヴェルン）が化けているとすれば頷（うなず）けるのだ。

先ほどの矛盾発言に加え、犯人（フェイ）を暴くよう最速で調査を進めていっている。もちろん他プレイヤーは知る由（よし）もないが。

「むむ？　犯人がだいぶ絞れてきましたね！」

料理屋が眉間に皺（しわ）をよせながら。

「怪しいのは村長の血を舐（な）めていた農家さんを筆頭に、証言に嘘があったパン屋さん。あとは――」

「他人事（ひとごと）だねぇ料理屋君」

そこへ、農家（ミランダ）がギラリと眼鏡（めがね）を光らせた。

「自分が安全圏にいるような落ちつきようだが、これを見てもそう言えるかな？」

夜空に掲げられた調査カード。

そう、農家の調査先こそ、まさしくこの料理屋なのだ。


【『料理屋』情報①】

なぜか玄関口に、猟銃が置いてある。

よく手入れされており、これならば大型の獣も仕留（しと）められそうだ。


「大型銃だ。これならば村長も撃てそうだねえ、料理屋くん？」

「こ、これはっっっ!?」

料理屋（パール）が悲鳴を上げてのけぞった。

口をパクパクと動かしつつ、さらに視線を宙に泳がせて。

「そ、そりゃあか弱いシェフですから。身を守るための銃くらい用意してますし？」

「……ふーん」

「……料理屋なのに銃ねぇ」

「何ですか皆さん、その疑わしそうな目は!?」

結果――

料理屋も見事に容疑者入り。

とはいえ料理屋も言われるままではない。自分が手にしている情報カード（商人の銃）を注目とばかりに指さして。

「そ、それに銃を持ってるのはあたしだけじゃありません。この通り商人さんもですし、狩人さん！　あなたが左肩に抱えているものだって！」

「むっ？」

狩人は、この姿になった時点で銃のバッグを担いでいる。

銃を持っていることに言い逃れはできまい。

「そのバッグに入っているものは！」

「ゴルフセットだが」

「嘘ですぅっ!?　狩人たる者、銃は当然に持ってるはずですよね！」

「…………ノーコメントだ」

しらばっくれた。

だが今のやり取りを見ても、狩人のバッグに入っているのが銃であるのは確実だろう。

「なーんだ、みんな怪しいじゃない」

一人、我関せずとばかりに余裕なのが副村長である。

「困ったわねぇ。わたし以外の全員が容疑者だなんて。村民たる者、自分の力で潔白を証明してほし――」

「待つのだ！」

商人が吼えた。

「『わたし以外の全員が容疑者』ではない。全員、これを見てほしい」

高らかに掲げた調査カード――

そこには、見たこともない巨大な鈍器が描かれていた。


【副村長の家』情報①】

巨大な鋼鉄の棍棒がロープで固定されていた。

人間なら二人がかりでようやく持ち上げられるだろう。殴られれば一溜まりもない。


え。

何この鈍器。何に使うの？

誰もがそう思ったことだろう。一斉に不審の目で振り向いて――

「な、何も怪しくないわよ!?」

今度は副村長(レーシェ)が慌てる番だった。

「わたしは力持ちなの。さっき言ったじゃない！」

「テキストの後半はどう説明するのだ副村長！」

商人の追及は止まらない。

「我々は思い違いをしていた。銃だけが凶器と思われたが、まずは凶器が銃だけだという固定観念も疑ってみるべきだと思う」

「うぐっ!?」

効いた。

商人の指摘で、副村長が大きくたじろいだのだ。

……なんで副村長が動揺するんだ？

……村長を殺したのは人狼(おれ)の爪だ。商人の指摘は確かに良い線を突いてるけど。

誰もが気まずそうに押し黙る。

なぜなら調査フェイズの結果、謎が解けるどころか逆に深まってしまったからだ。

【調査フェイズで判明した事実】
副村長(レーシェ)――人間でも殴り殺せる鋼鉄の棍棒（発見者・商人(ネル)）
商人(ネル)――一発使われた形跡のある銃（発見者・料理屋(パール)）

料理屋《パール》――よく手入れされた猟銃（発見者・農家《ミランダ》）
農家《ミランダ》――村長の血を舐《な》めていた（発見者・狩人《ケイオス》）
狩人《ケイオス》――狩人ならば銃を持っているだろう（推測）
花屋《アリッサ》――真夜中24時になぜか村長と密会していた。理由は言えない（自己申告）
パン屋《フェイ》――用途不明の大量の肉（発見者・花屋《アリッサ》）

全員怪しい。

もちろん真犯人はパン屋の人狼《フェイ》だが、残り六人も秘密があるらしい。

「静観とは珍しいな、フェイ」

狩人が、不意に凝視してきた。

「誰も彼もが疑わしいが、ここで止まっていては殺人事件の推理が深まらない。そこで、お前の現時点での推察を聞こうと思う」

「俺でいいんですか？」

「誰かが話さないと始まらない。そして俺がお前を指名したのは、現時点での俺の推理上、お前が犯人である可能性が低いと思ったからだ」

「――――」

まったくこの先輩《ひと》は。

人神決戦(ラグナリーグ)でもそうだったが、とにかく思考が表情に現れない。何を考えているのか読みにくいにも程がある。

……俺が犯人じゃなさそうだから指名した？

……その逆の方がありそうだけどな。

なにせ狩人だ。

パン屋(フェイ)の正体が人狼(じんろう)であると既に疑っていてもおかしくない。この流れも発言にボロが出るかどうかの誘導ではないか？

とはいえだ。

この膠着(こうちゃく)状態から、一歩ゲームを進めることに自分(フェイ)も異論はない。

「じゃあ俺の現時点での考えを。まず大目標として殺人事件の謎を解き明かしたい。そのための前提として、引っかかってる謎が三つある」

指を三本立てて——

①：村長の遺体には、なぜか正面と背後に傷があった。

（犯人(フェイ)視点、背中の傷は自分であるとわかっているが、正面の傷は何だ？）

②：村長の遺体はなぜ焼かれた？

（犯人視点、殺害後に誰かが燃やしたとわかっている。誰が燃やした？）

③：24時に村長と話したという花屋の証言。ただし村長の姿は見ていないという。

（犯人視点、村長殺害は23時ちょうど。24時はあり得ない）

「俺は、この三つを優先的に調べていきたい」

紛れもない本音だ。

犯人の自分にとっては最も大きな謎と言えるし、探偵側のプレイヤーも犯人捜しの上で無視できない謎に違いない。

……だからこの三つの謎は、犯人探偵の分け隔てなく情報を共有するべきだ。

……もちろん仲間を見つけられたら最良として。

この事件は、おそらく「犯人側」と「探偵側」と「中立派」が存在する。

フェイ視点で――

最初の「犯人側」候補が副村長だ。

……根拠は、さっき商人が「殺害道具は銃以外にも考えられる」と言った時。

……俺以上に大きく動揺してたから。

殺人道具が銃ではない（人狼の爪）と気づかれる可能性が出てきたことで、動揺した。

となれば副村長は、犯人の協力者ではないか？

……ただレーシェだしな。

……ケイオス先輩と同じで、そう思わせておいて実は探偵側もあり得るか。

では、その探偵側プレイヤーは？

これは花屋が最有力。

犯人側なら、パン屋の家を調査して「大量の肉」情報を公開するはずがない。

――が。

花屋が探偵側（真実を追う側）だとすれば、今後は、24時に花屋が村長と話したという証言が真実味を帯びてきてしまう。

「なるほどな」

腕組み姿で沈黙していた狩人が、動いた。

何かに合点がいったように、大きく頷いて。

「パン屋……いやフェイならば気づいていただろう。俺がお前を指名して話を聞いたワケは、お前が犯人である可能性を疑ったものだ。お前がボロを出さないかとな」

そうだろう。

フェイとしても実際にヒヤヒヤものだ。

「だが話を聞いたかぎり、事件の謎を解決したいという姿勢は見受けられた。ゆえに俺もお前の挙げた①②③の謎について考察しよう。俺が特に注視するのは③だ。俺と花屋とで証言が食い違っていることに違和感がある」

「……村長はいつ死んだのか、ですか？」

「そうだ。俺が見た『血塗れの村長』は、死んでいたかどうか定かではない。だが村長があれほどの重傷のなか自力で屋敷に戻り、花屋と何食わぬ顔で話していたというのも考えにくい。なぜ屋敷に戻ったのかも理屈が通らない」

その通り。

花屋の証言を信じるなら、村長の行動はますます不可解になる。

23時：村長は広場で人狼に襲われる（殺害されたはず？）

↓

24時：村長は屋敷の扉越しに花屋と話す。

（仮に生きていたとしても重症であり、花屋と話す気力はないはず）

↓

朝：村長の焼死体が広場で見つかった。

（屋敷に逃げたとして、なぜまた広場に戻ってきた？　あるいは誰かが遺体を運んだ？）

花屋の証言を「真」とすると、あまりに村長の動きが不可解すぎる。

フェイとしても容易には信じがたい。

せめて遺体が焼かれていた理由がわかれば――

「俺もケイオス先輩に聞きますけど、村長を殺した犯人と、その遺体を燃やした犯人は同一人物だと思いますか？」

「――――」

一瞬の黙考。

多くの視線を浴びるなか、狩人(ケイオス)がゆっくりと首を横に振ってみせた。

「断定には早すぎる。俺の勘だけでならば『違う』と言っておこう」

「その理由は？」

「お前がさっき言った理由と同じだ。村長を殺した犯人＝(イコール)遺体を燃やした者ならば話が単純すぎる。神はそこまで甘くない」

狩人(ケイオス)の推察は的を射ている。

犯人(フェイ)視点でも、遺体を燃やした者がいるのは確実だ。

……考えられるのは。

……遺体を燃やしたのは副村長(レーシェ)？

副村長が犯人側の「共犯者」なら、辻褄(つじつま)は合う。

なぜなら火を燃やすための薪が、広場には山ほど積み上げられている。その薪を持ってきたのが副村長だからだ。

……だとしても動機は何だ？

……あと副村長の家に置いてある棍棒も、何かに使ったのか？

遺体の胸に傷があった謎も残っている。

聞きだしたい。今この場で訊ねる？　それとも密談できるタイミングを狙う？

フェイが迷った一瞬に――

「わたしも農家に聞きたいことがあるのよね」

その副村長が手を挙げた。

「狩人の目撃談よ。血を舐めてたっていう行動、農家は本当にそうしたのかしら？」

「うっ⁉」

農家がギクリと後ずさり。

今まで一言も発さず存在感を薄めていたのは、まさにこの指摘を免れるためだったに違いない。

「……ノーコメントです」

「殺人犯かどうかを聞いてるんじゃないわ。その時に村長が本当に死んでいたかどうかが気になってるのよ」

「……それはまた、別の機会に」

顔を背けてしまう農家。

いっそ開き直り、空とぼける方を選択したらしい。

「なら質問を変えるわ。ええと――」

ボッ！

副村長の背後で、キャンプファイアーの火が消えたのはその時だった。

「あっ⁉」

『はい！　報告フェイズはそこまでですー』

『いやはや、皆さん白熱してましたが、ここで質疑応答もお終いです』

「……あと一分欲しかったわ」

しまった、と悔しさを滲ませる副村長。

ちなみに背後では、農家がホッと胸をなで下ろしている。

『皆さま、空をご覧ください』

端子精霊の宣言に従って空を見上げる。

――無明の空。

この報告フェイズ中に少しずつ移り変わっていたのだろう。いつしか上空は、不気味なほどに暗い夜空に覆われていた。

星も月明かりも覆い隠す、曇天の夜へ。

『夜フェイズが始まりますよ』

『皆さま、自分の家に戻ってくださいませ』

事件1日目『夜』個人時間

煙突のある丸太造の家へ――

フェイがパン屋の扉を開けた途端、頭上から端子精霊の声が響いてきた。

『さあ、お楽しみの時間が来ましたよ！』

『人狼であるあなたにとって、夜こそが本領発揮の時。今こそ村人ではなく真の姿へ戻り、夜の村を徘徊する時です！』

「ええと、戻るって？」

パン屋は人間に化けた人狼だ。

真の姿に戻るとは、もしやオオカミに変身させられる？

『変身！』

「え、いやちょっと待て！　まだ心の準備が――――っ！」

全身が光に包まれる。

パン屋の服や大きなミトンがみるみる灰色の毛皮へと変わっていく。光が収まった時、自分はオオカミの着ぐるみに包まれていた。

『とってもお似合いですよ』

「着ぐるみか……まあ四つ脚歩行させられずに済んで良かったけど」

鏡の前でクルッと一回転。

頭から爪先までを包む灰色の着ぐるみに、オオカミらしい尻尾と耳がついている。

耳と尻尾がぴょこんと勝手に動くのがなんとも可愛らしい。

「……これで能力が使えるわけだ？」

『大正解！　能力カードを取りだしてみてください』

カードに光の文字が浮かび上がる。

そこに、能力発動の選択肢が加わっているではないか。

能力1『血の追跡』：夜の間に、血の臭いが付着しているプレイヤーを探しだす。

発動しますか？

▼はい　▼いいえ

「……もう少し待ってくれ。もちろん使うつもりだけど」

カードを手にして目を細める。

思いだせ。報告フェイズでの情報を――

①　村長の遺体には胸にも大きな傷があった。（副村長(レーシェ)の証言・真偽不明）

②　農家(ミランダ)が、手についた倒れた村長の血を舐(な)めていた。（狩人(ケイオス)の証言・真偽不明）

血の臭いがついている者はいる。

まだ①②が正しい報告とは限らないが、虚偽であっても構わない。

……①②の証言が真なら、俺が血の臭いを追跡できる。

……①②の証言が偽なら、俺が血の臭いを追跡できない。

つまり真偽判定できるのだ。

誰にも確かめられないはずの①と②の証言を、人狼(フェイ)だけが確かめられる。

「俺は『血の追跡』を発動する！」

その瞬間――

フェイの眼前に、うっすらと赤い靄(もや)のようなものが浮かび上がった。

喩(たと)えるなら運命の赤い糸を薄めたような糸が、宙を漂いながら玄関をすり抜けて外まで延びている。

「これが血の臭い？」

『そうです。この赤い糸が、血の臭いがどこから生まれているのかを示しています。さあ追跡を開始しましょう！』

パン屋の家を飛びだし、外へ。

真夜中でも昼間のように明るく感じるのは、まさしく夜行性の人狼(じんろう)ゆえだろう。人間をはるかに上回る脚力で、赤い靄が延びている道を走りだす。

「ここか!?」

たどり着いたのは、畑に囲まれた農家(ミランダ)の家だった。

血の臭いはここに繋(つな)がっていた。農家(ミランダ)が手に付着した村長の血を舐めていたという狩人(ケイオス)の情報は間違いないらしい。

……それは何のためだ？

……血と言えば、大量の赤ワインも溜(た)め込(こ)んでるんだよな。

そっと農家の窓に近づく。

窓は閉じてあるが、カーテンの隙間から明るい光が外へと漏れている。そこを覗(のぞ)きこんでみて――

「いない？」

農家の姿がなかった。

リビングの明かりを点(つ)けっぱなしで、本人不在とはどういうことだ。

「外に出たのか？　だとしたらどこに……」

振り返る。

と同時に、フェイは言葉半ばで口を閉じた。

赤い糸――農家の家にばかり意識を奪われていたが、農家の家のさらに奥まで血の臭いが延びていたのだ。

それもあと四本。

「端子精霊(ミィプ)、この四本も追跡できるのか⁉」

『夜の間であれば何をしてもらっても構いません。ただし気をつけてくださいね。この夜、あなただけが外に出ているとは限りません』

「っ、そうだな」

人狼(じんろう)の姿を目撃されたらお終(しま)いだ。

息を潜め、忍び足で赤い軌跡を片っ端から追跡し――

そして発見した。

農家(ミランダ):血の臭いが、非常に強い　(村長の血を舐(な)めたから?)
料理屋(パール):血の臭いが、強く感じられる　(理由不明)
商人(ネル):血の臭いが、微(かす)かに感じられる　(使った痕跡のある銃を所持していた)
副村長(レーシェ):血の臭いが、微かに感じられる　(遺体検分の時に付着した?)

奇妙なのは料理屋（パール）と商人（ネル）だ。

血の臭いが付着しているが、まだその原因となる行動が明らかになっていない。つまり意図的に隠している。

……商人の血の臭いは、遠距離から村長を撃っていた可能性はどうだ？

……俺が村長を襲う前に。

だが料理屋がわからない。

商人よりも血の臭いが強く付着しているのは、いったい何をしたからだ？

『夜が明けます。行動がある場合には急いでくださいね』

「っ！　やばい……！」

夜の道を走りだす。

血の臭いはあと一本。広場から延びた赤い靄（もや）が、坂道を上った先に向かっている。

それも非常に強く。

「っ！　村長の屋敷か!?」

その場で足を止め、フェイは自らの目を疑いかけた。

村長は広場で死んでいた。

その村長の血の臭いが、広場と屋敷を往復するように繋がっていたのだ。

……誰かが村長の遺体を屋敷に一度運びこみ、また広場に戻した？

……そんな意味ない行動あり得るか？

あるいは逆だ。

広場に来る前（人狼が襲う前）から、村長は屋敷にいた時点で何かの傷を負っていた。

たとえば商人に銃で撃たれたか、料理屋と何かがあったとしよう。

その傷を負いながら広場にやってきたなら、こうした血の臭いが残るだろう。

「……いずれにせよ、この屋敷の中で何かが起きていた」

玄関の扉に手を掛ける。

これは賭けだ。もしも、もしも屋敷に自分以外のプレイヤーがいたら、この人狼の姿を見られてしまうが……

「入ってもいいんだよな？」

『夜の間は何をしても自由です』

「じゃあ遠慮なく！」

玄関を押し開く。

フェイの不安をからかうかのように、屋敷の中には自分以外の気配はなかった。

「何も変わってない……よな？」

昼間と同じく、リビングに明かりが点いている。

急げ。

トクン、トクンと胸が早鐘を打つのを自覚しながら、書斎の扉を開ける。

……妻と思しき絵画。

……昼間、俺はここまでしか調べられなかった。

書斎の机。

ここに赤い血の軌跡がべったりと溜まっていた。血塗れの村長がいた証拠だ。

「……この血は、いつの出血だ？」

人狼が村長を殺害したのが23時。

この血の痕跡がそれより前なのか後なのか。

……考えろ。

……どういう順番ならコレを矛盾なく説明できる？

23時に村長が死んだ。

24時にこの屋敷で村長と花屋が話をしている。（村長の姿は見ていない）

「あとは誰かが村長に化けていたとか？……いや根拠がない。落ち着けよ俺。状況証拠を繋ぎたいからって無理やりストーリーを作るのは危険だ……」

もう夜時間が終わる。

撤退だ。

そう思って踵を返そうとしたフェイの目に、赤い軌跡が一瞬映った。

「っ！」

薄い、薄い赤の軌跡。

それが宙を伝って書棚に延びていたのだ。

もう夜が明ける。書棚に飛びつき、フェイは勢いよく日記を引き抜いた。


【『村長』情報②（これは情報カードにならない）】

村長の日記。

日付は、ちょうど殺人事件が起きた日を示している。

「私は一夜として満足に寝ることができなくなった。

**　もう妻の夢を見ることさえできない。**

この身体になって以来、身体はカサカサに乾いている。血が通っているのが不思議なほどだ。もはや私も——


最後の一行に目を向けた瞬間。

『はーい。夜時間が終わりです！』

フェイが手にした日記がバタンと閉じ、吸いこまれるように本棚へ収納。

「くっ⁉」

読みきれなかった。

あと二秒あれば読破できたが、最後の一行「もはや私も——」の続きにはいったい何が書かれていたのか。

「情報カードにならない情報。ってことは俺の口でしか伝えられない……」

カード化する情報と情報としない情報がある。

その差違は何かと疑問視していたが、今それを痛感した。カード化しない情報はそれを他プレイヤーに信じてもらうのが極めて難しい。

「……誰にどう説明するか、考えておかなきゃな」

夜時間が終わった。

空は依然として墨色で塗り尽くしたように暗く、地平線の先を見るかぎり夜明けまでも間があるだろう。

「ええと、夜時間が終わったなら家に……ッッ⁉」

地面が揺れた。

ゴッ！ と猛烈な地鳴りが響き、屋敷どころか村そのものを揺るがす震動で、フェイは危うくその場でひっくり返りかけた。

「何だ⁉ 端子精霊(ミィプ)、今のは——」

返事はない。

これもゲームギミックか？　だが村全体を揺るがすような鳴動が、殺人事件といったいどんな関係があるというのか。

『お待たせしましたー』

窓の方から聞こえる端子精霊(ミィプ)の声。

『夜時間を終えて朝がやってきました。これより2日目のイベントに移ります』

「っ！　今の地鳴りは……」

答えはない。

『皆さま広場に集合してください』

「………」

書斎の窓に近づき、さっとカーテンを開く。

差しこむ光。

眩(まぶ)しさに目を細めるフェイの眼前で、村は、陽射(ひざ)しに照らされて燦々(さんさん)と輝いていた。

事件2日目『朝』、第2調査フェイズ

夜が明けていく――

地平線から昇る太陽を背に、七人のプレイヤーが広場に集まった。

『おはようございます』

『今日も元気に、村長殺しの真実を追っていきましょう！』

端子精霊（ミイプ）を見上げる七人。

ソワソワと辺りを見回す者、楽しげに腕組みする者、疑わしげな眼差（まなざ）しの者。

フェイは人狼（じんろう）の能力でいくつかの手がかりを得たが、残る六人も夜間に何らかの発見を得たに違いない。

『新しい一日は、朝の挨拶から始まります』

『この朝の集会は、調査フェイズの前にある「挨拶」時間です。皆さま、昨晩に知り得た情報を自由に議論してくださいませ』

　朝の挨拶時間。

調査フェイズの前に、交流という名の報告時間が与えられる。

「――――」

さて、どう情報共有するか。

太陽を背に、フェイは改めて昨晩の行動を思い浮かべていた。

……俺はかなり有力な情報を得た。

……でもそれは犯人視点で、かつ『血の追跡』という特殊な能力があったからだ。

情報は共有したい。

が、まさか血の臭いを辿ったとは言えない。

このゲームの勝利条件は「全プレイヤーが目標を最低一つ達成すること」。そして自分の目標は、人狼（犯人）であることを隠し通すものがほとんどだ。

……俺の正体を知られちゃいけない。

……だけどゲームが進展するよう情報を提供しなきゃいけない。

犯人にとっての最初の難関。

「さ、誰から話すの？」

切りだしたのはレーシェだ。

広場に集まるや、誰の目からもわかるウキウキ顔だったのがこの副村長である。

「わたしの報告は短いし、長めの報告があるなら先にどうぞ」

誰もすぐには手を挙げない。

その流れを確かめつつ、フェイは静かに手を挙げた。

「宣言する。俺には・・・・・パン屋じゃない役柄がある」

ピシリッ。

朝の静けさが、一気に緊張感へと逆転した。

「なかなか興味深いな。昨日ではなく今日になって役柄の自供か」

銃を携えた狩人(ケイオス)の、試すような視線。

「ではパン屋、お前の新たな役柄を聞かせてもらおう」

「探偵の真似事(まねごと)だ。その役柄上、俺は科学的に血の痕跡を追うことができた」

もちろんウソ……だが。

怪しまれる前に、より注意を惹(ひ)くであろう事実を覆(おお)い被(かぶ)せる。

「俺の調査で、村長の血の反応が強く出たのが料理屋、商人、農家の三人。副村長にも弱い反応が出たけど、こっちは犯行の線はやや薄いと思ってる」

「あたしがっ⁉」

「私か！」

「くっ⁉」

名指しされた三人が、弾(はじ)かれたように振り向いた。

その三人へ――

「ただ俺は犯人と言ってるわけじゃない。村長が殺害された日の夜に何をしていたのか、それだけ聞かせてもらえたら十分だ」

「なるほど……」

眼鏡(めがね)のブリッジを押し上げるミランダ事務長。

覚悟を決めた表情で。

「狩人君の目撃談もあったしね。農家(わたし)が疑われるのは仕方ない。素直に話そう。まず私が村長の血を舐(な)めたという話だが、覚えていないんだ」

「はいっ⁉」

「そ、それはいくら何でも――」

「まあまあ待ちたまえ」

抗議しようとする料理屋(パール)と花屋(アリツサ)だが、その二人を前にしても農家は落ち着きはらった口ぶりを崩さない。

「私だって行動のすべてを否定したいわけじゃない。昨晩、ある事情で私が広場に行ったのは事実。だが途中から意識をなくしてしまってね。意識が戻ったのが、まさに狩人君に姿を目撃された時だったのさ」

「では農家、村長の殺人については？」

ここで狩人(ケイオス)が前に進みでた。

「故意か故意でないかは別にしよう。広場で意識を失っていたのなら、その間、無意識に村長を殺したとしてもおかしくないのでは？」

「その通り。私が容疑者であることは仕方ない。だが犯人候補は数人いるんだろう？」

農家の返事には理がある。

今はまだ全員が容疑者だ。

「そして私からも情報提供だ。私は私自身の容疑を晴らすために、夜の広場を調査してきたのさ！」

農家が、広場のある一点を指さした。

自分たちの背後――

キャンプファイアーに使われた大量の薪が、今も山のように積み上げられている。

「見たまえ。この薪の山に隠された真実を！」

農家が手にした情報カードが、光を放つ。

【広場・情報②】
薪の山には一度崩れた跡がある。その証拠に、村長の血痕が薪の山から見つかった。崩れた薪の山は、普段とは違うロープで固定されている。

「このロープという単語に見覚えがないかな」

「あっ!?」

花屋が叫んだ。

「副村長さんの家で見つかった棍棒に、ロープが巻かれていましたね！」

「そのとおり」

満足げに頷く農家。

眼鏡のレンズを通じ、その先にいる副村長をしかと見つめて。

「血痕のついた薪。薪の山は一度崩され、その後にロープで留め直されていた。まるで、何者かが村長をこの薪で撲殺したようじゃないかい？　そして我が村で、この薪を悠々と振り回せるのはあなたしかいないのです、副村長！」

「くっ⁉」

ワクワクの笑顔から一転、副村長の表情にみるみるうちに狼狽が滲んでいく。

全員の視線を浴び、しばし沈黙の時を経て——

「……知らないわ」

『嘘だ⁉』

六人のツッコミが殺到。

「待って！　わたしは、薪の山が崩れていたから危ないと思って直しただけ。昨晩だって義務を果たしたわ。わたしは副村長として村民に命令ができるのよ！」

命令？　それはどういう意味だ。

「みんな隠し事をしているでしょう？　それは、この夜間に一人一人が特殊な『能力』を使えるということ！」

まさか⁉

広場の空気がざわめいた。誰もが「そんな……！」「お前もか!?」という驚きと動揺のまなざしで、互いの顔を凝視し始める。

フェイとて例外ではない。

もともと可能性としては想定していた。特に狩人は「有る」と覚悟していたが。

……まさかの全員が能力持ちか。

……人狼(じんろう)の能力の強さを考えると、使い方次第で一気に盤面が動くぞ！

それが夜の自由時間。

調査フェイズや報告フェイズ以上に、あの夜の時間こそが、水面下で最もゲームが進むフェイズだったのだ。

「副村長(わたし)は、村人一人の夜の能力を妨害する命令を下せるわ！」

実に役柄らしい能力だ。

シンプルであり強力なのは間違いあるまい。

……犯人の能力執行を妨害できれば、犯人側は相当苦しい。

……でも俺は夜の能力が使えた。副村長に怪しまれてるわけじゃない。

では誰の能力を妨害したのか。

言い換えれば、副村長は誰を怪しんでいるのか。

「なんとなく料理屋の能力を妨害したわ」

「なんでですかぁぁぁぁぁぁっっっっ!?」

料理屋に扮(ふん)するパールの、最高に悲しい悲鳴がこだました。

「どおりでおかしいと思いましたよ！　夜の自由時間なのに家の扉が突然閉まって、端子精霊(ミイプ)からも『ベッドで寝転んでてください』って言われた挙げ句、気づいたら朝になってたんですから！」

「効いたみたいね」

「そりゃビックリしますよ………はぁ……」

料理屋が大きく溜息(ためいき)。

「まあいいです。どのみち能力は使えませんでしたから」

「あら？　それは――」

「だとすれば、私も能力を披露しよう！」

背後から商人(ネル)の声が轟(とどろ)いた。

「副村長殿の話のとおりだ。商人である私もまさに能力を持っている。村人一人を選んで、次にアイテムを一つ指定する。その村人が該当アイテムを持っていた場合、それを奪いとる！　そして昨晩はこれだ！」

商人の手には、アイテムカード。

だが新しいカードではなく、なぜかその絵柄は見覚えあるものだった。

【『商人の馬車』情報（アイテム）①】

護身用の銃。弾倉に弾が込められているが、なぜか一発分が空になっている。


「私は、料理屋から奪われた銃を取り返した！」

「なぁぁぁぁんであたしばっかりいいいいいいいいいっっっ!?」

料理屋の絶叫。

しかし、やられっぱなしでは終わらない。

「……ふ、ふふふ。墓穴を掘りましたね商人さん！」

「何だと？」

「今の能力が商人のわけがない。今の手口はズバリ盗人(ぬすびと)！　あなたの真の正体は商人ではなく盗人です。そうでしょう！」

「～～～～～～～～～っ!?」

商人の肩がビクッと痙攣(けいれん)。

まるで背負っていたリュックを隠すように、身体(からだ)を背けて。

「な、何のことだ!?　私のリュックの中身はすべて私の商品だ！」

「では、どうしてそんな能力なのです？」

料理屋(パール)が一歩、また一歩と近づいていく。

アイテムを奪われた怒りか。それともここが押しどころと踏んだのか。目を爛々(らんらん)と輝かせながら。

「物を売るはずの商人が物を奪う能力なのは、明らかに矛盾しています！」

「く、くぅっ!?」

にじり寄る料理屋。

対し、商人(ネル)はその圧力に押されるがごとく後退していく。

「ま、待て料理屋！　私は、私は間違いなく商人だ。ただちょっと特殊な事情で……」

「特殊？　特殊とは？」

「とにかく私は商人だ！　文句があるなら銃で撃つぞ！」

「やっぱり犯人じゃないですかぁぁっっっ!?」

遂(つい)に商人が開き直った。

この時点で怪しい順位をつけるなら、農家(ミランダ)と商人が間違いなく一位と二位だろう。

……だけど不自然さもあるんだよな。

……今の商人も、バレたらまず犯人扱いされる能力をわざわざ明かすか？

商人は公開しても大丈夫だと判断した。

しかし料理屋が思いのほか鋭かった。武器を奪われた本人だから当然かもしれないが。

「狩人さん」

花屋(アリッサ)が、沈黙を保っている狩人に目配せ。

「残っているのは私たち二人です。どちらが先に？」

「あいにく俺は大した話がない。先に進めてくれ」

「では僭越(せんえつ)ながら」

コホン、と花屋が咳払(せきばら)い。

手にした花のバケットに手を突っ込むや、そこから半透明の球体を取りだした。

占い用の水晶玉を。

「実は私も、花屋というのは仮の姿。真の役職は『占い師』です。夜の占いで村人一人の過去を見ることができます」

『なにっ⁉』

フェイを含む全員が、一斉に目を見開いた。

占い師――

聞いただけでも極悪な能力だ。人狼(じんろう)の能力が「血の臭いがする相手」を探すのに対し、こちらはプレイヤーの過去を直接見られる。

複数か単体かの違いはあれど、こちらは確実に一人の行動を明らかにできる。

……俺を占われたら一発だ。

……占われなくても、確実に潔白(シロ)を一人出すことができる。

犯人を追いつめる探偵側の力として、これほど恐ろしいものはない。

「もしや、またあたしですか!?」

「いいえ」

まっすぐ伸ばした手に、水晶玉を乗せる花屋(アリッサ)。

「私が占った相手は農家さん」

「ぎくぅっ!?」

過去一番の動揺で後ずさる農家(ミランダ)。

対する花屋は、まさに占い師にふさわしい落ち着いたまなざしだ。この遊戯(ゲーム)のロールプレイの空気にも段々慣れてきたらしい。

「偽ることはできません。水晶には昨晩のすべての行動が映っていました」

「ということは農家殿が犯人だったのだな、花屋殿!」

「…………………」

「花屋殿？」

「……いいえ」

商人(ネル)がきょとんと瞬き(まばた)するなか、花屋がゆっくりと首を横に振ってみせた。

「私の水晶玉に映った農家さんは、狩人さんが言うように、村長の血を舐め(な)ただけでした。

銃や凶器も持っていません」

「おおっ！」

農家が歓喜のガッツポーズ。

まさかの大逆転。潔白（シロ）である。

「素晴らしいよ花屋君。君とは今後とも仲良くできそうだ！」

「しかし、村長を助ける素振りもなかったのが不可解です」

「はひふっ⁉」

「村長が血の海に倒れていたのなら、まずは救命活動すべきかと。しかし農家さんが取った行動は、そんな救命活動とは程遠かった。ある意味、農家さんが村長殺しの共犯者のようにも見えてしまって」

「……う、うううううっっ⁉」

ガッツポーズのまま、農家の額から冷や汗がだらだらと。

「農家さん。あなたが犯人でないことは私も弁護できます。ですので教えてくれませんか。なぜ村長の遺体の血を舐めたのか」

「そ、それはほら……そうだよ！」

農家がポンと手を打って。

「真夜中で暗かったのさ！　村長の血が、血でなかったように見えてしまった！」

「では何に？」

「…………赤ワイン」

途端に弱々しくなる声。

「ちなみに私の水晶玉では、農家さんが、村長の遺体をしきりに探っていたように見えましたが？」

「さ、探ってないさ！　私だって村長のことが気になっただけだよ！」

花屋（アリッサ）の占いがもたらす影響は多大だ。最も怪しまれていた農家（ミランダ）が殺人犯でないことが、事実上の共通認識になった。

流れが変わった。

……最も怪しまれていた農家が犯人じゃなかった。

……だとしたら逆に、最も疑われてない村人が怪しいと思われかねない。

花屋は、既に今夜の占い先を絞り始めているはず。

パン屋（フェイ）はその最有力候補だろう。

……そういえば人狼（じんろう）の能力２。

……相手の攻撃に対して反撃するってのは、占いを防ぐこともできるのか？

いやダメだ。

占いを防ぐということは、見られたくないものがあると自白しているようなもの。犯人でなければ堂々と見せればいいと言われたら詰む。

どのみち能力2は「？？？」フェイズ限定。いまだ発動タイミングがわからない。

「私の発言は以上です。あとは……」

水晶玉をバケットに収めつつ、花屋が狩人に頷いた。

「狩人さん、あなたが最後です」

「では手短に話そう」

狩人が、思わせぶりに腕組みを解いた。

「俺は狩人だ。村の悪を捕まえるのも使命のうち。夜であっても昼と変わらず単独調査ができる。この能力で、俺は農家の家を調べさせてもらった」

「みんなして私を疑いすぎだよ⁉」

「こればかりは仕方ない」

まったく悪びれた様子のない狩人。

「俺も花屋の占いを知っていれば調査対象を変えたかもしれないが、あいにく昨晩のことだからな。とにかくも、このカードを手に入れた」

狩人が懐に手を入れる。

取りだしたのは、一枚の情報（アイテム）カードだ。

「今一つ使い方がわからないのだが……」

【『農家の家』情報（アイテム）②】
点鼻薬：いかにも普通の薬だが、農家以上にこれを求めている者がいるかもしれない。

点鼻薬？

確かにわからない。

フェイも副村長（レーシエ）も花屋（アリッサ）も。揃（そろ）って「？」と頭に疑問符を浮かべるなか――

「ああああああっ!?」

料理屋（パール）がそのアイテムを指さした。

「これです！　あたしの能力に必要なものがこの点鼻薬なんです。商人さんが持ってるかと思いきや、まさか農家さんの家にあったなんて！」

「……料理屋の能力だと？」

「はい。あたしにください！」

ちょうだい、と。

満面の笑みで手を差しだす料理屋だが、狩人はそれを疑わしげに見つめたまま動かない。

理由は、そのアイテムにある。

料理屋と点鼻薬？

あまりにも程遠い組み合わせだ。

「料理屋よ。このアイテムでお前は何ができると？」

「ふふ、凄(すご)いですよ！」

大きく胸を張る料理屋。

「この点鼻薬で、あたしは村人一人の正体を看破することができます！」

正体!?

料理屋の宣言に、思わずフェイは叫び声が漏れかけた。

……いま正体って言ったのか!?

……占いみたいな過去の行動や、他の役柄とかじゃなく、正体を見破る……

もしや人狼(じんろう)という「種族」を看破する力ではないか？。

思いあたる節もある——

殺人犯を絞りこむ証拠や能力は出てきているが、殺人犯が「人狼」であるという情報はまだ極めて少ない。

料理屋の能力は、その状況を一撃でひっくり返す。

……使われる可能性が高いのは、俺だ。

……大量の肉を仕入れてることを怪しまれていれば、パールの標的になる！

表情にこそ出さないが。

自分としては絶対に使われたくない能力だ。

「んー。誰の正体を見ちゃおうかなぁ」

一方で、料理屋は早くもウキウキ顔である。

「たとえば、あたしから銃を奪っていった商人さんとかぁ」

「ぎくっ⁉」

「逆に、今のところ怪しい素振りを見せない花屋さんとかぁ」

「くぅっ⁉」

「いいえ！　ここはやはり――」

「まあまあ。落ち着きたまえよ料理屋君」

その肩をポンポンと。

意気込む料理屋を鎮めるように、優しく微笑む農家が。

「君の能力はたしかに素晴らしい。ただし、それが真実ならの話だがね」

「え？」

「だってそうだろう？　占い師が水晶玉を持つことで占い能力が使えるのは納得がいく。しかし料理屋の君が、なぜ点鼻薬なんてアイテムが必要なんだい？　君も何か隠している。私はそう見るが」

「な、何のことですか⁉」

「信憑性(しんぴょうせい)の話だよ。誰か一人の正体を看破するにしても、君自身の潔白が証明できなければ誰もそれを信用してくれないだろう」

「そんなことは――っ!?」

「同感だ」

腕組みする狩人が、大きく首肯。

「点鼻薬ならば目か鼻に関する能力と見るが、それが料理屋とどう関わっている？」

「……秘密です！」

「お前が秘密を明かすまで、この点鼻薬は俺が預かっておこう」

「そんな――――っ!?」

がっくり膝から崩れる料理屋。

そんな姿を横目に、フェイは内心で汗を拭っていた。

『ご挨拶はそろそろ良いですか？』

『では朝の挨拶が終わり、いよいよ2日目の始まりです！』

端子精霊(ミィプ)が派手にラッパを吹き鳴らす。

広場に差しこむ陽(ひ)。

早朝でありながら空は青く澄み渡り、清々(すがすが)しいほど風は爽やか。何もかも忘れて、外の草原で寝転びたくなるような――

『調査2日目、いってみましょーっ！』

晴れ晴れとした端子精霊(ミィプ)の宣言が、惨劇の村にこだました。

Chapter

Intermissiont　精霊王（アラじい）と九十九神（なつふん）

God's Game We Play

フェイたちが遊戯（ゲーム）『すべてが赤になる』に挑んでいる頃。

はるか遠い地。

ただし物理的な距離ではなく、霊的上位世界（エレメンツ）と人間世界という意味で——

「ほっほ。ニーヴェちゃん、楽しんでおるのぉ」

宙に浮かぶ液晶モニター。

プレイヤー七人の姿がめまぐるしく切り替わる映像を眺めているのは、床にあぐら座りした褐色の少年だ。

精霊王アララソラギ。

愛らしい少年の姿をした神が、液晶モニターを見上げる傍（かたわ）ら、その指先で三種の駒をまとめて拾い上げる。

床に広げた三種の盤ゲーム、それぞれの駒をだ。

「羨ましいの。ワシら最近、こうして神同士としか遊んでおらんし。ゲーム上手な人間と遊びたいの」

パチ、トン、コツン。

三種の盤ゲームにて、三種の駒をそれぞれ動かす。

「のう、なっふんや?」

「――――」

コツン、パチ、トン。

少年の問いかけに、返ってきたのは小気味よい駒の移動音のみ。

向かい合わせに座る片眼鏡の青年は、手こそ動かすが、硬く引き締めた唇は一ミリたりとも動く気配がない。

が――

「わかっておるよ」

モニターを横目に見上げた少年は、目を細めて頷いてみせた。

「ニーヴェちゃんは、ああ見えて情に厚い子じゃからな。ヘレネイアちゃんが気に掛けておる……ええとフェイじゃったか? ゆっくり時間を掛けてあの人間と遊んでいる間に、ヘレネイアちゃんには家族の看病をさせたいのじゃろ」

「――――――」

神の力は無限に等しい。

だが少女ヘレネイアは、神としての力をほぼ失った状態だ。

今の彼女にできることは、病床で父の手を握ってやること。

「のう、なっふん。ヘレネイアちゃんが、神ヘケトマリアとしての力を取り戻したとして。その力で父の病を治してやると思うか？」

「――――」

「そうじゃな。ありえんか」

褐色の少年が、苦笑い。

半神半人ヘケトマリアの理想は、神と人間を永遠に分かつこと。突き詰めるなら「神と人間が関わらない未来」を創るため。

神々の遊びを終わらせようとするのも、そのためだ。

「神の力を家族に使えば、己の理想を己で否定することになる。ヘレネイアちゃんらしいと言えばらしいがの」

あの少女は――

すべての神で唯一、自分のために力を使うことを嫌う神なのだ。

無限の力を持ちながら、その力を自ら縛る。

なんと不自由な神だろう。

「だがな、ワシはそんなヘレネイアちゃんが嫌いではないぞ」

精霊王(アラララギ)の愉快げな微笑。

指先で挟んだ駒を、軽快に移動させながら。

「神にしてはあまりに人間臭い。視野が狭く、頑固で強情。それでいて引っ込み思案で、寂しがり屋で不器用で……なのに一人でがむしゃらに頑張ろうとする。そういう姿を見せられるとな、神（ワシ）は、手を差し伸べたくなるのじゃよ」

「――――」

「お主もじゃろ、なっふん」

神は、自ら奇跡を啓（ひら）く者にのみ微笑（ほほえ）む。

三体の神々がヘレネイアに微笑み、そうしてチーム『すべての魂の集いし聖座（マインド・オーヴァー・マター）』は生まれたのだ。

「そしてニーヴェ」

宙に浮かぶ液晶モニターを見上げ、精霊王アララソラギは満足げに笑んでみせた。

「お主は、その人間（プレイヤー）たちにどんな裁定を下すかの」

Chapter

Player.3　VS超獣ニーヴェルン　—すべてが赤になる—

God's Game We Play

1

事件2日目・朝。

広場に集まった七人のプレイヤーは、フェイを含め、誰もが思案げに自分の足下を見つめていた。

事件1日目の調査を終え、誰もがこう思ったことだろう。

やっぱり全員怪しい、と。

①：凶器が見つかったのが副村長《レーシェ》（棍棒《こんぼう》）・狩人《ケイオス》（銃）・商人《ネル》（銃）・料理屋《パール》（銃）

②：夜中に怪しい言動が見られたのが農家《ミランダ》と花屋《アリッサ》。

その二つにあてはまらないのは、パン屋一人。

では怪しくないかというと、それは危うい。一人だけ怪しい材料が無いことが、だから油断できないという逆の心理に繋《つな》がるからだ。

……花屋の次の占い先は俺かもしれない。

……料理屋の能力も。何かの交渉で点鼻薬を手に入れたら、俺に使われかねない。

前者は、自分が殺人犯だとバレる。

後者は、自分の正体が人狼(じんろう)だとバレる。

つまりパン屋の目標(ミッション)がほぼ壊滅してしまうのだ。

……俺はどうする？

……村長殺しの犯人として、どうゲームを進めればいい？

正体を隠すこと？

できるなら理想だが、それは花屋と料理屋次第。

自分の意思でできることは、ある事態に備えてゲームを進めること。なぜなら端子精霊(ミイブ)はこう言っていたのだ。「どうか事件の謎を解き明かしてください」と。

この殺人事件に隠された大きな謎。

それが「24時の矛盾」だ。

23時過ぎに死亡したはずの村長が、花屋と24時に会話していた（証言：花屋）

自分(フェイ)の役資料(ハンドアウト)には「村長を殺した」記述がある。

それを踏まえれば、フェイ視点では花屋が嘘を吐いているとしか思えない。

……だけど、こんな簡単に嘘とバレる嘘をあんな序盤に吐くか？

……花屋は、本来なら嘘を吐く必要さえなかった。

何かがある。

この矛盾とも言えるべき謎を解く情報が、この村のどこかにある。

『ではでは！』

『2日目の調査フェイズを始めましょう！』

パチパチと端子精霊が拍手。

『皆さまは、昨日同様に村のどこか一箇所を調査することができます。ちなみに今度は、二人で同じ場所を見ることが可能です。二人以上のプレイヤーが遭遇した場合、その場で密談も可能です。アイテムの交換・情報の共有などができますよ！』

協力プレイ解禁。

信頼できると判断した村人と、こっそり二人だけの情報交換ができる。

だが――

フェイが注目したのは、それが言外に含んでいる意味だ。

「質問いいか？　二人で同じ場所を見るとして、取得したアイテムの判定は？」

『それぞれ別のアイテムを取得します。合意があればその場で見せ合うことが可能ですし、その場で交換するのも可能です』

やはりそうだ。

情報アイテムは二人が個別に取得し合う。つまり二つ以上残っているということだ。

……たとえば俺（パン屋）の家は、昨日のうちに花屋が調査した。

……でも、まだ二つ以上の情報が残っている。

拠点一箇所につき、情報は三つ以上隠されている。

『それでは調査開始！』

『皆さま、お好きな場所へ向かってくださいませ！』

第2調査フェイズ　―副村長・レーシェ―

「さて、どうしようかしら？」

広場の七人がぱらぱらと歩き始める。

それを見届けながら、副村長に扮（ふん）するレーシェは手を振って歩きだした。

「……さっきパン屋が面白いこと言ってたのよね」

夜の間に、血の反応を調べていたという。

科学的に調べたというが、どんな手段だ？

「もう少し聞いておけば良かったかしら。ちょっと気になるのよね……」

能力の説明こそ疑わしいが、能力は本物だろう。

血の臭いが強く残っていたのが料理屋、商人、農家の三人。そして弱い反応が出たのが副村長（じぶん）であること。

――間違っていない。

確かに副村長（レーシェ）は、事件の夜、村長の血がわずかについてしまう出来事が起きた。実は、あの情報はかなり核心を突いていた。

「……わたしが疑われる可能性、アレで一気に高まったのよね」

それが問題だ。

副村長には、自分が犯人として追放されてはいけない目標（ミッション）がある。追放された場合、残る三つの目標（ミッション）も連鎖的に達成不能になる可能性がかなり高いのだ。

副村長の行動指針――

それは絶対に村裁判で追放されないこと。

だからこそ仲間が欲しい。情報共有できて、村裁判でも手を組める仲間を見つけたい。

「……パン屋はどっちかしら」

副村長（レーシェ）がたどり着いたのは、パン屋の家。

気になる。血の反応を調べられるという、彼の真の役柄はいったい何だ？

「ヒントがあるとしたら、やっぱりここよね！」

パン屋らしい店内へ。

小綺麗（こぎれい）な内装の店で、焼きたてのパンが幾つも籠に収まっている。

が、レーシェが調べたいのはこの奥。

パン屋の私室へ――

昨日の副村長（レーシェ）は広場で遺体を調べていたため、誰かの家を調べるのは初めてだ。

「へえ、こうなってるのね」

綺麗に整頓された部屋。ベッドとテーブルが並んでいる。

「っ？」

血の臭い。

パン屋の私室に入った途端、ただならぬ強い臭いが鼻を突いた。

「……そういえばパン屋って、血の臭いについて自分のことは言ってなかったわね」

テーブル上には何もない。

ならばと戸棚の引き出しを片っ端から開けていく。その二段目を開けた途端、もっとも強い血臭が解き放たれたかのように噴き上がった。

そこに隠されていたものは――

【『パン屋の家』情報（アイテム）②】

儀式アイテム「牙のネックレス」。

もともとは別の誰かの所有物だった。ある古(いにしえ)の儀式に用いることができる。


「……なるほどねぇ」

二つの牙を糸で通しただけの素朴なネックレス。

パン屋がつける装飾品とは思えない。そして気になるのが説明文の後半だ。

「古の儀式？　そういえばわたしの役資料(ハンドアウト)の中に……」

部屋の中でしばし腕組み。

あれほど立ちこめていた血臭が嘘(うそ)のように消えていくなか、副村長は一人頷(うなず)いた。

第2調査フェイズ　―農家・ミランダ―

「ほお、ここが花屋君の家か。綺麗じゃないか」

色とりどりの花で彩られた家を見渡し、農家に扮(ふん)するミランダは目を光らせた。

花屋(アリッサ)の正体は、まさかの占い師。

実に見事に正体を隠しきっていたものだ。宣言のタイミングも良く、プレイヤー七人の中でもっとも潔白(シロ)に近い気がする。

「……正直、花屋君の占いには私も助けられたからね」

どうやら自分は、殺人犯ではなかったらしい。

殺人事件の夜――

農家(ミランダ)は、村長と約束をしていた。ある物品を返してほしい。その約束の夜、村長を発見した場所こそ広場だったのだ。

が――

気づけば、農家の前には血塗(ちまみ)れの村長が倒れていた。

意識が飛んでいる。

――村長を殺したのは自分か？

自分自身わからずビクビクしていたが、幸か不幸か、花屋(アリッサ)の占いが解決してくれた。

自分は、共犯者扱いであっても殺人犯ではない。

だとすれば――

次に農家が守るべきは、自分自身の「ある秘密」だ。

血を見た途端に我を忘れてしまう。その理由がバレると、やはり殺人犯ではと容疑をかけられかねない。

「……ゆえに！　私が警戒すべきは二夜連続で花屋君に占われること。ふふ、昨晩の私を占われるとちょっと困るからねぇ」

だから花屋へ来たのだ。

この調査フェイズで、占いに必要な水晶玉を奪う。

「料理屋君が能力を使うのに点鼻薬が必要だった。ならば占いも、あれほど強力な能力だから水晶玉が必要に違いないんだよ！」

花屋のリビングへ。

だが期待していた水晶玉がない。ベッドや寝室、さらにトイレに風呂まで探してみるが、お目当ての物はどこにも見当たらない。

調査フェイズの時間が切れる。

「ああもう、この際何でもいいよ！　とにかく情報かアイテム！」

再びリビングへ。

そこで農家は、テーブルに置いてある奇妙なガラス瓶に目をつけた。

キラキラと輝く青い液体。これはいったい……？


【『花屋の家』情報（アイテム）①】

青く輝く美しい水。

花にあげる水や栄養剤ではない。蓋を開けて水を振りかけることができる。

「……ほう？　美容の保湿液じゃないよね」

液面がキラキラと輝いている。

ただの液体ではないが、その正体はまるで想像がつかない。

「っ！　もしや水晶玉は偽装で、占いに必要な真のアイテムがこれかい!?　この水を飲むことでふしぎな力が手に入るとすれば……！」

ガラス瓶を持ち上げる。

と同時に、『水を手につけてみる？』という説明文が浮かび上がる。

「当然使ってみるとも！」

瓶の蓋をあけて、その手に青い液体をふりかけて――

じゅううっ！

農家の手から白い煙が上がった。

「熱っつ――いっっ!?　いったぁぁぁぁあっっっっっ!?」

骨の髄まで染みわたる激痛。

あまりの痛さに、その場でゴロゴロと転がりまわる。

「痛い、痛い痛い痛いっ！」

床の絨毯に手をこすりつけて液体を拭い取る。しかし農家の手の甲は、真白い水ぶくれのような痕ができていた。

「な……何なんだいこの液体は!?」

危険な薬品か？

だが強烈な酸ならばガラス瓶が溶けてしまうはずだし、水気を拭った絨毯も溶けるはず。

どちらも何一つ変化がない。

農家の手だけが、まるで液体に嫌われたかのように火傷したのだ。

「……この液体。もしや？」

まだブスブスと白い煙が上がる自分の手を見つめ、ミランダはこくんと息を呑んだ。

こんなに危険な液体を――

花屋はなぜ所持し、そして秘密にしているのか？

第2調査フェイズ　―狩人・ケイオス―

「……混迷を極めてきたな」

静けさに満ちた広場。

六人のプレイヤーが立ち去った場で、狩人に扮するケイオスはしばし空を見上げていた。

「……農家が黒幕だと思っていたのだが」

自分は確かに見たのだ。

23時30分。

血に染まった村長と、その手についた血を農家が舐めた瞬間を。

……花屋の占いによれば農家は殺人を犯していない。

……いやそれ以前にだ。24時、花屋は村長と話をしただと？

そんな事はありえない。

なぜなら村長の遺体を焼いたのは・・・・・・・・・――――


「…………」

腑に落ちない。

花屋の占いも、その前の24時の証言もだ。あたかも村長殺害の犯人を絞らせないような、逆の証言になっている。

「やはり疑わしいのは花屋だな。間違いない」

だが花屋の家には農家が向かった。

遅かった。もし農家が黒幕で花屋と結託しているならば、一足先に向かったことで重要証拠を隠された後かもしれない。

「……ならば広場か」

調べるべきは村長の遺体。

あの夜、村長の遺体に農家が触れていたのを確かに見たのだ。何か重要な情報が残っていないだろうか。

広場のベンチへ。

薄地の衝立（パーティション）で覆われた敷地に入ると、そこには黒く焼け焦げた遺体がある。

「胸と背中に傷があると言ったのは、副村長だったか」

傷は二箇所。

これが農家と花屋それぞれに襲われた傷の可能性は、ある。

……だが動機は何だ？

……胸と背中の傷にしても、二人の所持品からは凶器がまだ見つかっていない。

村長の遺体に触れる。その瞬間。

じゅううううっ！

狩人の指先から、白い煙が上がった。

「ぐっ!?」

慌てて飛（と）び退（の）くが、指先にはもう真白い水ぶくれのような痕ができていた。

【『広場（村長遺体）』情報②】

村長の焼死体は濡れていた。

よく見れば、青く輝く液体が、村長の全身に振りかけられていた。


「何だこの液体は……」

思わず自分の指を凝視する。

一瞬触れただけで、指がぶすぶすと火傷(やけど)している。

「この液体が村長に振りかけられて、その後に火がついたなら液体は蒸発していたはず。ならば村長が炎に焼かれ、その後に液体が振りかけられた……？」

何の為(ため)に？

そして青い液体の正体は？

「……まさか！」

狩人(ケイオス)は理解した。

村長の死因には、この青く輝く液体が強く結びついていると見た。あとは七人の中から、液体の所持者を見つければいい。

「このゲーム、どうやら狩人(オレ)の第２の能力を使うまでもないらしい」

第２調査フェイズ　—花屋・アリッサ—

「ああもう、こんがらがってます！　私！」

高台にある村長の屋敷を見上げ、花屋に扮するアリッサ秘書官は頭を抱えていた。

「……私の認識は間違ってない、ですよね？」

一昨日の晩24時。

あの屋敷で、自分は確かに村長と話をしたのだ。

……ですが23時30分。

……私の占いで、確かに村長が血塗れで倒れていたのも事実。

狩人は嘘を言っていなかった。

さらに農家が直接の殺人犯ではなく、奇妙な共犯者ともいうべき立ち位置であることも整理できた。

「では、村長を血だらけにしたのは誰……？」

凶器を所持していたのは四人。

狩人（銃）、商人（弾丸が一発かけた銃）、料理屋（護身用の銃）、副村長（棍棒）。その上で注目すべきはパン屋の夜間調査だ。

……血の臭いがする者を調べたと。

……それが当てはまるのが農家、商人、料理屋、副村長（ただし血の臭いは薄い）。

つまり商人と料理屋に絞られる。

この二人だけが「凶器」を所持し、かつ「血の臭いがする」。

「調べる優先度が高い二人……どちらを選べばいいのか……」

屋敷に背を向け、坂を下りていく。

「商人と料理屋はどちらも銃を持っている。凶器が銃だとしたら、怪しむべきは、弾丸が一発足りていない商人の方でしょうか……」

本当に？

ハッキリ言って自信はない。

坂を下りながら全力で脳を稼働させても、自分の判断に自信が持てないのだ。

「……で、ですが貢献しないと！　私は素人だから！」

花屋ことアリッサは、秘書官であってゲームの達人ではない。

自分にできるのはせいぜい足を引っ張らないこと。足を引っ張らないとは何かといえば、目標（ミッション）を達成することに尽きるだろう。

――事件解決は他プレイヤーに任せる。

――自分は、自分の目標（ミッション）達成だけに集中しよう。

まずは怪しまれないこと。花屋の目標（ミッション）は、村裁判で追放されたら詰みだからだ。

では怪しまれないためには？

それこそが「貢献」だ。

自分が調査した結果を報告する。嘘偽りなく。24時に村長を見たと言ったのも、それが事実だから報告したのだ。

「……あった！」

広場を横切って脇道へ。

商人の馬車がそこにはある。

荷台を覗きこめば、商人らしい売り物が山のように積んである。宝飾品や絨毯、服や帽子など珍しい品々が。

その奥に——

「っ⁉　何ですか、この真っ赤な燭台は……⁉」

血に染まった燭台。

既に使われていた形跡があり、ロウソクは半分くらい溶けてしまった後だ。

【『商人』情報（アイテム）②】

血塗られた燭台。

商人の馬車の荷台に、こっそりと置かれていた。

何かの儀式に使うような禍々しさがある。この真っ赤な血は、誰の血だろう。

「確定ではないですか！」

直感した。

このアイテムこそ、殺人犯を示す何よりの証だと。

第2調査フェイズ　―料理屋・パール―

村の坂道を、勢いよく大股で上っていく。

高台にあるのが村長の屋敷だが、料理屋に扮するパールが目指す目的地は、そんな村長の家の一つ手前にある。

副村長の家。

「ふふふふ……」

ここを選んだのは自分一人だけらしい。

「やはり皆さん、副村長への警戒が薄いのですね」

料理屋の推理では――

一番怪しいのはズバリ農家。

さらに大穴で、まだ容疑らしい容疑が見つからないパン屋と狩人だろうか。

「……と思うでしょうが、あたしの目は誤魔化せません！」

副村長の家を見上げる。

そのドアノブに手をかけて、パールは勢いよく扉を開けた。

「真に疑わしきは副村長さん！　今まで鳴りを潜めて怪しまれずに過ごしていましたが、昨晩、あたしの能力を妨害したのは失敗でしたね！」

副村長は恐れたのだ。

どんな「正体」が隠されているのかは料理屋もわからないが、自分の正体が看破されることを恐れるあまり、能力妨害で料理屋を選んでしまったに違いない。

……見るなと言っているようなもの。

……ゆえに一番怪しい！

料理屋(パール)の目標(ミッション)。

その一つが、「村人二人以上の正体を能力で見破るか、あるいは交渉で教わること」だ。

自分はここまでそれを狙ってきた。

「もう一人の正体はどうにかするとして……まずは副村長さんを調べるのが先決です！　この家にも何かがあるはず！」

まずはリビングの調査から。

真っ先に目に付くのが巨大棍棒(こんぼう)。取っ手の部分に巻き付けられているロープは、広場の薪(まき)に巻かれているのと同じ麻縄である。

「そう、まずコレが怪しい！」

何の為の棍棒なのか。

最初はこれで村長を殴打したのかと思ったが、そうであれば棍棒に血が付いているはず。血が付いていないなら棍棒は凶器ではない。

「……他には何が？」

副村長だけあって部屋は広々とした間取りだ。副村長が大柄だからか、テーブルも椅子もやけに大型なのが少し気になるが。

「おかしいですね。めぼしい情報もアイテムも出てこない……この引き出しの中は？」

机の引き出しを開ける。

その瞬間、料理屋はとてつもなく危険な臭いを感じとった。

【『副村長』情報（アイテム）②】

骨のペン。血のインク。

これが恐ろしい呪具であることをあなたは本能的に理解した。

だが、何かが足りない。ペンとインク……儀式にはあと一つ何かが必要である。

最も大事な儀式アイテムを探すべきだ。

それは、このアイテムの真の所持者の周辺にあるに違いない。

「……これは⁉」

あまりに迫力あるアイテムに、思わず尻餅をついてしまった。

異様な雰囲気だが、どうやらこの儀式アイテムとやらは不完全らしい。

ペンとインクに、もう一つ――

「っ！　足りないのは紙……紙の儀式アイテム？　まだ誰も見つけてないですよ⁉」

所持して隠している？

否。今朝の報告会でもほとんどのプレイヤーが情報カードを提示した。

まだ本当に見つかっていないのだろう。

「……真の所有者って？」

これは副村長の書斎にあった。

だが説明文は、これらの儀式アイテムは副村長の所有物ではなく、真の所有者が他にいることを示唆している。

「……それって………」

料理屋がそう呟いた瞬間。

ガタンッと。

書斎の扉が勢いよく開いたのは、その時だった。

第2調査フェイズ　―商人・ネル―

「……予想どおりだな」

丸太造の家を見上げて、商人に扮するネルは力強く頷いた。

やはりだ。

辛抱強く待ち続けてきたが、商人の家には誰も来ない。

「第1調査フェイズで調査されなかった家は二つ。花屋と狩人だ。そして第2調査フェイズでも誰一人やってくる気配がない！」

理由はいたって簡単だ。

誰もが「狩人は潔白だ」と判断したのだろう。潔白とわかっているプレイヤーの家を調査しても意味がない。大事なのは疑わしき者の調査である。

ごく当然の判断と言える、が。

「……ゆえに怪しい」

自分の勘が告げている。

このゲーム、潔白に思えそうなプレイヤーこそ気を抜いてはならないと。

「狩人殿、失礼する！」

木造の扉を押し開く。

パチパチと火の粉が爆ぜる暖炉があり、丸太を生かした温かみのあるリビングだが――

銃。

銃、銃、銃。

左右の壁にずらりと並ぶ大型の猟銃に圧倒され、商人はその場で後ずさっていた。

「な、何だこの数は!?」

狩人とはいえ一人が所持するには限度がある。

森の小動物を狩るには大きすぎる大型の猟銃がいくつも並び、さらに戸棚には手榴弾のような爆弾まで無造作に置かれているではないか。

――何を企んでいる？

これだけの銃を用意しておく理由が、少なくとも自分には思いつかない。

「……村一つ壊滅させせられるぞ」

狩人の潔白度がみるみるうちに濁っていく。

自分たちはあの狩人を本当に信用していいのか？　これほど大量の銃の用途は、是非にでも問いただす必要があるだろう。

「ん？　これは……」

ふとテーブルに目をやる。

壁の銃にばかり気を取られていたが、そこには直筆で綴（つづ）られた一枚の手紙があった。


【狩人の家・情報（アイテム）①】

テーブルには、一通の手紙があった。

「村長のスケジュール表だ。

村長から目を離すな。お前が見張り、いざという時は……わかるな？」

この手紙には差出人のイニシャルが刻まれている。副村長のイニシャルと一致する。


「これは!?」

思わず手紙をクシャッと握りしめる。

「村長のスケジュール、尾行……まさか暗殺計画!? 手紙を出したのは副村長だと!?」

重大すぎる情報だ。

なんと副村長（レーシエ）と狩人（ケイオス）は結託していた。これは、その揺るがぬ証拠となるだろう。

もしや狩人は、村長殺しを狙ったが失敗したのか？

……狩人殿が村長を銃で撃ったとしたら、それは23時30分だ。

……そして狩人殿は、村長が死んだと錯覚した。

その推測には根拠がある。

なぜなら夜26時、自分は広場で村長と会っているのだから。

村長は死んでいなかった。

ゆえに自分は――――いや、この回想は思いだしたくない。少なくとも自分は、村長の焼死体とは無関係なのだから。

「そう……私は……商人は悪いわけではない！」

手紙を握ったまま、自分に言い聞かせるために大声で吼(ほ)えた。

副村長と狩人が殺意を抱いていたのは、この手紙で確定だろう。次の報告フェイズで、皆に打ち明けよう。

「このゲーム、すべての謎が解けた！」

確固たる自信を携えて、商人(ネル)は丸太造(づくり)の家を飛びだした。

第2調査フェイズ ―パン屋・フェイ―

調査フェイズ開始。

次々と広場を飛びだす商人(ネル)や副村長(レーシェ)を後目(しりめ)に、フェイは村の坂道を駆け上がっていた。

村を一望できる高台――

村長の屋敷から見下ろすことで、残り六人の動向を眼下に収めることができる。

「…………」

彼女の行き先はどこだ？

しばしの観察の結果、彼女が単独であるのを確かめて、フェイはあらためて村長の屋敷を振り返った。

……昨晩、人狼の能力に思いがけない反応が出た。

……広場で死んだはずの村長の血臭が、なぜかこの屋敷にまで繋がっていたんだ。

二つに一つ。

死んだはずの村長が動いたか、誰かが血塗れの遺体を移動させたか。

その上で、村長は24時に花屋と話している。

さらに翌朝、村長は焼けた姿になって広場で見つかった。23時30分の後、殺人犯以外の誰かが村長に関与したことは間違いない。

では、誰が？

何の目的で？

……みんなそれが気になってる。

……殺害の晩・誰が・何をしたのか。

その情報を手に入れようと、疑わしきプレイヤーの家を調査している流れだ。

ならば——

自分は、別の観点でゲームを進めよう。

村長は何者なのか。

昨晩、人狼の能力で発見した村長の手記――

そこには気がかりな単語がいくつかあった。中でも気になるのが「もはや私も――」という最後の一文。

「…………」

村長の屋敷。

この巨大な屋敷の裏には、鍵がかかったままの倉庫がある。

……計算？　いや直感の方にやや寄るか。

……俺は、俺の時間をすべて屋敷に懸ける！

役資料を与えられた六人のプレイヤーではなく、NPCに過ぎない村長に調査フェイズの時間すべてを懸ける。

屋敷の中へ――

リビングは昨日と何ら変わらない。時間が経過したことで新情報があるかと思ったが。

「なおさら、ここしかないよな！」

村長の書斎へ。

一歩入るなり、フェイの目が部屋の一点に釘付(くぎづ)けになった。

真っ赤な手痕のついたテーブル。

「これか！」

真っ赤な血糊(ちのり)でできた手の痕が、テーブルに付着しているではないか。

昨晩、人狼の姿では気づかなかった。

……そうか。人狼の姿になった時は、嗅覚が鋭くなる代償で視力が衰える。

……だから昨晩の俺は、この手形に気づけなかった！

さらに一度目は絵画に目を奪われていた。計三度、これだけ書斎を訪れなければ血痕に気づけない仕掛け(ギミック)。

手の痕は間違いなく村長のものだろう。

「村長は、これだけの重傷で何をしてたんだ？」

テーブルにベタベタとついた血痕。テーブルによりかかり、あたかも何かを探すために這(は)い回(まわ)っていたように見える。

テーブルに何かがあり、村長はそれを求めてやってきた？

では、何時に？

★1　？・？・？
23時：（広場）パン屋（フェイ）が村長を殺害した。
23時30分：（広場）倒れた村長の血を舐（な）める農家（ミランダ）と、それを目撃した狩人（ケイオス）。
★2　？・？・？
24時：（屋敷）花屋（アリッサ）が村長と話をした。ただし村長は姿は見せていない。
翌朝：（広場）村長が焼死体となって発見される。

血痕がついた時間帯（タイミング）は、この「★1」「★2」のどちらかだ。

人狼（フェイ）が襲撃する前から村長は重傷だった場合は★1、あるいは23時30分以降、死んだと思われていた村長が屋敷に戻ってきた場合は★2。

「……だめだ、特定はできない」

まだ村長の行動が掴（つか）みきれない。

欲しいのは「人の動き」だ。

――事件の夜の動きが判明しているのは、パン屋（フェイ）・農家（ミランダ）・狩人（ケイオス）。

――事件の夜の動きがわかってないのが、商人（ネル）・料理屋（パール）・副村長（レーシェ）・花屋（アリッサ）。

突き詰めるべきは後者の四人だろう。

この四人が「何もしていない」わけがない。なぜなら四人のうち三人の家から共通して凶器が見つかっている。

商人　：弾丸が一発使われた銃があった。
料理屋：なぜか役に見合わぬ銃を持っていた。
副村長：家にロープ付き棍棒(こんぼう)があり、広場の薪(まき)の山を留めるロープが同じだった。

唯一、副村長だけは推測できる。

広場にある薪の山。

……薪の山は一度崩れて、また直された跡がある。

……あんなバカでかい薪を組み立てられるのは副村長しかいない。

つまり事件日の夜。

副村長(レーシェ)は広場で、薪の山を崩すような「何か」をしていた。

「村長に火を付けた？……可能性は高いけど確証がない。じゃあ商人と料理屋は事件の夜に何をしてた？」

わからない。

他プレイヤーの情報が欠けているからだ。

……わかっちゃいたけど俺の行動の弱みだな。

……村長の屋敷を三連続で調べたもんだから、持ってる情報が偏りすぎてる。

「しょうがない、そっちは報告フェイズで聞くとして」

調査再開。

今はとにかく新情報を探そう。

屋敷を調べるだけでは入手できない。自ら推測し、怪しいと思われる場所を探さないと情報が出てこないのが厄介だ。

「そういえば昨日の手記は……」

本棚は昨晩と同じ。

ぶ厚い本がぎっしりと詰まっており、昨晩はそこに村長の手記が隠されていた。

「……ええと上から三番目の棚の、左から二番目」

辞書に偽装された日誌を引き抜く。

その途端、本のページがぺらぺらと自動でめくられていく。

「新たな日記か⁉」

三番目となる村長の情報。それは――


【『村長』情報③（情報②を入手していないと見られない）】

ああ……身体が痒い……

身体から水分が失われている。カサカサだ。火を付ければさぞ鮮やかに燃え上がることだろう。

こんな私を見て、妻はどう思うだろう。

わからない。だがもうすぐ答えが出る。儀式のアイテムも手に入れた。

十の羊を捧げよう。


「……日誌の続きがコレってわけか」

数行のみの手記を、穴が開くほど凝視し続ける。

ここから推測できるのは、村長が――――で、その目的が――――であること。

だとしたら。

「役資料と事実のズレは、そ・う・い・う・こ・と・か！」

日誌を握りしめる。

遂に、この遊戯の本質が見えてきた。神が人間に仕掛けているゲームギミックがどれほど意地が悪いか、も。

……俺の予想が正しければ、もうギリギリだ。

……次の報告フェイズで盤面を動かせなかったら、人間側の敗北が決まる。

状況を整理しろ。

いま、全プレイヤーが目標（ミッション）達成を目指している。

ゲームの勝利条件は、全員が最低一つ目標（ミッション）を達成すること。これによる最悪の結末は、自分だけが目標（ミッション）を達成できずゲームに敗北した時だろう。

自分のせいで負けた——

そんなのご免に決まっている。だから何が何でも自分の目標（ミッション）は達成しないと——

「その必要がなかったんだ！」

理解した。

神の罠（わな）はそこに仕掛けられていた。

この遊戯（ゲーム）は、プレイヤー全員が目標（ミッション）を達成すると敗北する。

言い換えるなら——

目先の目標（ミッション）は達成しなくていい。それより大事なものがある。

「端子精霊（ミィプ）！」

『はーい。御用でしょうか？』

フェイが叫ぶや、窓ガラスをすり抜けて小型の精霊が飛んできた。

「調査フェイズの時間はあと何分ある！」

『あと十分ほどです』

ギリギリだが急げば不可能じゃない。

口早に叫びながら、指を二本立ててみせる。

「確認したいことが二つある」

『何なりとー』

「俺は村長の調査を終えた。調査はこれで終わりか？」

『はい。調査は一箇所きりです』

「じゃあ聞くぞ！　調査しないなら移動していいんだな？」

『仰(おっしゃ)るとおりです』

そう、これが重要なのだ。

あと一つ——

「さっき教えてくれたよな。今回は密談ができるって」

『はい。そのために第2調査フェイズは時間を長く取っています』

「密談の条件は『二人以上のプレイヤーが遭遇した場合』だった。同じ場所を調査していなくても、居合わせるだけでいい」

『もちろんですー』

これが鍵になる。

同じ場所を調査せずとも、ばったり出会(でくわ)すことで密談の条件が満たされる。

「わかった！」

そう告げるなり、フェイは村長の屋敷から飛びだした。

目指すは、彼女が向かった家。

……急げ。

……このゲームの状況をひっくり返すのに、あの能力が必要なんだ。

調査フェイズは残り十分。

その一分一秒を惜しみ、フェイは全力で坂を駆けだした。

⑦　事件2日目『午後』　第2報告フェイズ

陽(ひ)が落ちていく。

昨日までは燃えるような色味の夕焼けが、気のせいか、今は鮮血にも似た強すぎる赤に思えてしまう。

終わりが近づいている。

それも、ゾッとする終焉(しゅうえん)を予感させる「終わり」が。

『第2調査フェイズ、お疲れさまでしたーっ！』

端子精霊(ミイプ)の声がこだました。

その後ろでは、昨日と同じくキャンプファイヤーの火が煌々(こうこう)と燃えさかっている。

『残すところあと一日ですね』

『明日の朝には村裁判が行われます。残すはこの第2報告フェイズと夜の自由時間のみ。皆さま存分に語りあい、どうか事件を解明してくださいませ！』

ここで大勢が決するだろう。

七人のプレイヤーそれぞれに発見があり、真剣な面持ちで集まっている。

ゆえに厄介なのは制限時間だ。

話し合いができるのは、キャンプファイアーの火が灯(とも)っている間だけ。

『皆さま、どうぞ発言を――』

「私から行かせてもらおうかな！」

口火を切ったのは、意外とも言うべき人物だった。

無言で腕組みしていた農家(ミランダ)が、端子精霊(ミイプ)の声を押しのけて手を挙げたのだ。

「謎はすべて解けたよ！」

「なんと、本当か農家殿!?」

「任せておくれ商人君。この私が、ゲームの真相を明かしてみせよう！」

眼鏡(めがね)のブリッジを指で押し上げる。

「私が調べたのは花屋君の家さ。彼女の占いが本物なのか裏付けしたいと思ってね。調べたところ、こんなものを見つけてしまった」

　取りだしたのはガラス瓶。

　中には、夜にもかかわらずキラキラと発光する青い水が収められていた。

「……それは⁉」

　ガラス瓶を一目見るなり、花屋（アリッサ）が頬（ほお）を引（ひ）き攣（つ）らせた。

　二人は中身を理解しているようだが、パン屋（フェイ）を含めて周りも「ガラス瓶？」と首を傾（かし）げている状況である。

「農家さん？　その液体って何ですか？」

「自分の腕で試してみるといいさ料理屋君」

「へ？」

「ほら、この液体を君の腕に一滴垂らす。そうすると……」

　じゅぅぅううっ！

　青い液体が滴り落ちた途端、料理屋（パール）の腕から真白い煙が噴きだしたではないか。

「いっっったぁぁぁぁぁぁっっっい⁉　な、何をするんですか農家さん⁉　この液体は何なんですかぁ！」

「ご覧の通りだ諸君」

後ろで転げ回る料理屋。

当の農家は、そのガラス瓶を軽快に振りながら。

「これは花にやる水や栄養剤ではない。猛毒だよ。そうだね花屋君？」

「……っ」

「私はピンと閃(ひらめ)いたのさ。銃を持っている者がいた、棍棒(こんぼう)を持っている者もいた。だが、花屋がこんな猛毒の水を隠し持っているのは明らかに異常だ！　花屋君が恐ろしい秘密を隠し持っているのは間違いない！」

農家の声に熱が入っていく。

対し、花屋の顔はみるみるうちに血色を失っていった。

「さてどうかな。もしや花屋君こそが殺人事件の黒幕では？」

「ち、違います！」

広場に、絞りだすかのような声。

叫んだのはもちろん花屋(アリッサ)である。

「……確かにそのガラス瓶は私の私物です。でも銃を持っている人もいる中で、私だけが特別視されるのはおかしいのでは……！」

「それはどうかな」

炎が爆(は)ぜた。

何百という火の粉が舞い上がるなか、狩人の姿が煌々と照らし出される。

「俺も農家と同じ証拠を手に入れた。村長の遺体を調査した結果、あの焼死体は濡れていたことがわかった。それも青い液体でな！」

「ほう狩人君？　もしや私が見つけたこの液体かい？」

「そうだ。この青い液体が誰の所有物かを調べたかったが、早々に結論が出たようだ」

狩人が深く頷いた。

まさしく標的に狙いを定めた眼差しで。

「いま農家が見せたように、この青い液体は触れるだけで凄まじい激痛に襲われる。全身に浴びれば一溜まりもないだろう。そうだな花屋よ？」

「……ま、待ってください！」

花屋はまだ折れない。

農家と狩人へ、そして残るフェイたちも見回して。

「村長は血塗れで倒れていたはずです。それに焼死体になっていることからも、私の前に何者かが村長を襲ったと考えるべきではないですか！」

「その通りだ」

意外なほどあっさりと頷く狩人。

「村長が何者かに襲われた跡がある。そして素直に告白しよう。村・長・を・焼・い・た・の・は・俺・だ・」

「はいっ⁉」

「狩人殿っ⁉」

「ちょ、ちょっと待ちたまえ狩人君⁉」

誰もが耳を疑っただろう。

まさしく広場の六人の総意に違いあるまい。静観に徹していたフェイが、思わず狩人を二度見してしまったほどだ。

……狩人が？

……銃で撃ったとかじゃなく、村長を焼いた張本人⁉

「時刻は26時頃だったか」

「い、いやいや！　待ちたまえよ狩人君……そもそも村長が血塗れで倒れていて、それで私を容疑者にしたのは君だったじゃないか！」

抗議するのは農家(ミランダ)だ。

その隣から、花屋(アリッサ)もここぞとばかりに頷いて。

「聞き捨てなりません！　今の今まで私にも容疑を突きつけておいて。村長を焼いてしまうというのは、それこそ犯人ではないですか！」

「語弊があったな」

対し、狩人(ケイオス)の口ぶりは真冬の湖のごとく落ち着ききっていた。

動揺など微塵（みじん）もない。

「俺が焼いたのは村長の遺体で、それも不慮の事故だ。距離を見誤って近づきすぎて……火がついてしまった。すると思った以上にボッと火が燃え広がってな。何が言いたいかというと、俺が火をつける前から村長は死んでいた」

「……犯人は別にいると？」

「でなければ俺も自供しない。犯人なら隠すはずだ」

狩人の発言は、盤面を大きく進める一手だ。

……犯人（おれ）の視点でも謎が一つ紐解（ひもと）けた。

……ずっと奇妙だった焼死体の謎が解けた。だけど、今の釈明はどういうことだ？

近づきすぎた？

火を付けたではなく、村長の遺体に近づいただけで火が付くとは。

「俺は村長の遺体を焼いてしまっただけ。俺は俺自身に罪があると思わない。それ以上に、俺たちが求めるべきは死因だろう」

フェイの疑念を知ってか知らずか、狩人が口早に言葉を続けて。

「花屋よ、そこでこの青い液体が鍵になる！」

「な、何がですか！」

「村長の焼死体にはこの青い液体が振りかけられていた。もしも焼死体になる前に液体がかかっていたら、遺体が燃えた時に液体の水分は蒸発していただろう？」

順序は明白だ。
①狩人が、村長の遺体を燃やしてしまう。
②花屋が、村長の焼死体を見つけて青い液体を振りかける。
それが何を意味するか――

「まさか！　トドメの一撃！」

「その通り！」

ハッと目を見開く商人と、それに応じる狩人。

「23時過ぎ、村長は血塗れで倒れていた。そして26時、再び広場にやってきた俺の前に、村長が遺体となって倒れていた。その際、俺が村長を燃やしてしまったわけだが……そのさらに後の26時過ぎ、花屋もこの広場に来ていたと推測するが？」

「――――」

ここで、花屋が初めて押し黙った。

反論できないのだ。

狩人自らが「26時に村長を燃やした」と告白した。焼死体が青い水で濡れている以上、花屋が26時以降に広場を訪れているのは必然の解。

「………そうです」

花屋が、ぎゅっと拳を握りしめた。

「……27時30分。私は広場に来て、村長の焼死体にこの液体をかけました」

認めた。

謎に包まれていた各プレイヤーの行動が、連鎖的に明らかになっていく。

「花屋よ」

それに応じる狩人。

「お前は、村長が生きている・と・思・っ・た・のか？　真夜中ゆえに村長の生死の識別ができず、より確実な方法を取った。青い水を振りかけるという殺害方法で」

「いいえ！　それは違います！」

花屋の目に光が灯った。

押し黙っていた時から一変し、何かを決した表情で。

「私は、村長を助けようとしたのです！」

「どういう意味だ？」

「私も告白します。本当は自衛のために秘密にしておきたかったけど、その青い水を知られてしまったからには……」

花屋が腕を振り上げた。

農家が手にしたガラス瓶をまっすぐ指さして。

「その水の正体は『聖水』です！」

「……へ？」

「……む？」

「……ほ？」

広場に、何とも言えない気の抜けた相槌(あいづち)の数々が。

「聖水とは？　商人の私も知らない単語だが。知っているか料理屋？」

「いいえ全然」

顔を見合わせる商人(ネル)や料理屋(パール)。

それはいったい何だ？

農家(ミランダ)に狩人(ケイオス)、副村長(レーシェ)、それにパン屋であるフェイも全員が顔を見合わせるなか、唯一、花屋(アリッサ)だけが堂々と胸を張り——

「聖水は、悪しき夜の住人を滅する聖なる水です。清き者ならば無害ですが、夜の住人が触れればたちまち肌が焼けるのです！」

「な、何ですとっっ⁉」

ギクリッ！

その場で、いったい何人が悲鳴を上げたことだろう。

「パール、いや料理屋！　お前まさか……」

「ち、ちちちち違います!?　あ、あたしは夜の住人なんかじゃないですよぉ！」

目を見開く商人の前で、料理屋が慌てて自分の腕を後ろに隠した。

聖水で腫れた腕をだ。

「単なる日焼けです！」

「ならばなぜ腕を隠す！」

さらにその後ろでも。

農家と狩人が、なんとも気まずい表情で立ち尽くしている。

「……夜の27時30分、私は、広場で倒れている村長を発見しました。ですが真夜中ですし、村長が倒れていることしかわからなかったのです」

一方、ここぞとばかりに花屋が報告開始。

「私は村長を助けようと聖水をふりかけました。聖水は、清らかな者を癒やす力がありますから。ですがその瞬間、村長が世にも恐ろしい悲鳴を上げて倒れたのです。……私は、事態が掴めず逃げだしました……」

毅然とした花屋の表情。

そこに一切の虚飾がないと、目と口が物語っている。

「こう言えるでしょう。私が聖水を振りまいたことで村長にトドメを刺してしまったなら、逆に村長は何かしら異常を来していたと。狩人さんが偶然に村長に火を付けたのと同じように、私の行いも偶然であると！」

「——なるほどねぇ」

話を静観していた副村長が、腕組みを解いた。

「真偽は定かでないけど、狩人が意図せず火を付けてしまったことが無罪なら、花屋が意図せず聖水をかけてしまったことも無罪。なら、この村長殺しの殺人犯はいったい誰になるのかしら？」

「私は、狩人さんの目撃情報に立ち戻るべきと思います」

花屋の手がスッと花かごへ。

その手が掴んだのは花ではなく、花の奥に隠された水晶玉——

「23時30分。村長が血塗(ちまみ)れで倒れていた。村長をこうした者が明確に殺意をもった殺人犯と言えるでしょう。その犯人候補ですが、今までの情報から23時30分に現場にいた狩人と農家は違う気がします。つまり……」

花屋が広場を見回した。

パン屋(フェイ)、副村長(レーシエ)、料理屋(パール)、商人(ネル)を見回して。

「殺人犯はこの四人の誰か……と言うべきところですが、そういえばまだ私の調査結果をご報告していませんでした」

「っ！」

フェイの隣でビクッと震える者がいた。

そう、花屋が選んだ調査先は――

「私は殺人犯を見つけました。あなたです商人さん！」

「わ、私ではない！」

商人の声が露骨に大きくなる。

さも私は無実ですと言いたげな口ぶりだが、その声の大きさが逆に怪しい。

「何の根拠が……！」

「こちらです。あなたの馬車から見つかったものを提示しましょう」

花屋が翳した情報（アイテム）カード。

それが光輝いて、花屋の手にあるアイテムが召喚された。


【『商人の馬車』情報（アイテム）②】

血塗られた燭台。

商人の馬車の荷台に、こっそりと置かれていた。

まるで何かの儀式に使うような禍々しさがある。この真っ赤な血は、誰の血だろう。


「うあああああっ!?」

商人が堪らず叫んだ。

「違うんだ！　た、確かにこれは……」

「自白しているも同然ですよ。その狼狽ぶり」

追いつめられていたはずの花屋が、今度は追いつめる番に。

「この怪しい燭台についた真っ赤な血、いったい誰のものでしょう」

「……う、うううっ！」

「皆さん思いだしてください。商人さんの荷物には銃があった。弾丸が一発使われた形跡もある。そして血に染まった燭台。すべてが告げています。商人さんが村長を撃ち、この燭台を奪ったのでしょう！」

「わ、わかった！」

商人が手を突きだした。

「認めよう。この燭台は、確かに私が村長から奪った。だがもともと私の物なのだ」

「……何ですって？」

「私は商人だ。古今東西の骨董品を所持している。だが五年ほど前に村長から言われたのだ。『この村を襲う災厄を防ぎたい。特別な力のある儀式アイテムを見つけたら貸してほしい』と。だが村長は、約束の日になっても返す素振りがなく……」

「殺して奪ったと？」

「違う！　いや、ある意味正しくはある……」

商人がぐっと拳を握りしめる。

偶然だろうか。その覚悟を決したまなざしは、先ほどの花屋とうり二つで――

「……26時頃。私は村長を撃った」

「撃ったのを認めるのですね？」

「取っ組み合いになって仕方なくだ。しかし村長はその前から重傷を負っていた！」

商人が、副村長（レーシェ）を指さした。

「副村長殿も言っていたではないか。遺体には胸と背中に傷があると。それだけではない。村長はまるで全身打撲を受けたような傷まであった！」

さらにベンチを指さす。

村長を覆い隠す衝立（パーティション）を見つめて。

「私は、燭台を取り返すために仕方なくだった。だがこの中に、明確な殺意をもって村長を血塗れ（ちまみ）にした者がいる。その明確な殺意の持ち主とは――」

商人がバッと振り返った。

そこで腕組みする男をまっすぐ見据える。

「狩人殿！　私は狩人殿の家を調査させてもらった。そして見てしまったのだ。壁一面に飾られた大型銃の数々を」

「むっ」

今まで涼しげだった狩人（ケイオス）が、ピクリと瞼（まぶた）を痙攣（けいれん）させた。

「……俺は狩人だ。趣味と実益を兼ねて銃を集めていても不思議ではあるまい」

「では、これを見てどう思う！」

商人が自らのリュックに手を突っ込んだ。

そこから取りだしたのは、調査フェイズで手に入れたであろう情報カード。

【狩人の家・情報②】

テーブルには、一通の手紙があった。

「村長のスケジュール表だ。

村長から目を離すな。お前が見張り、いざという時は……わかるな？」

この手紙には差出人のイニシャルが刻まれている。副村長のイニシャルと一致する。

「暗殺計画だ！」

広場に、商人の声が轟（とどろ）いた。

その声に応じるかのごとく、キャンプファイアーの火がますます勢いよく燃えさかる。

「狩人殿と副村長殿は組んでいたのだ。二人で村長を暗殺しようとしていた証（あかし）！」

疑いようがない。

狩人(ケイオス)と副村長(レーシェ)は、何かしらの理由で村長を監視していたらしい。

「ふむ……」

「なるほど、知られてしまったようね」

狩人が口を閉じる。

それと入れ替わりで、副村長が口を開いた。

「確かに私と狩人は村長を見張っていた。でもそれは村の失踪事件を調べるためよ。何なら村長だけでなく全員を疑っていたわ」

「……失踪事件とは？」

「端子精霊(ミィプ)が言ってたじゃない。この村は昔から何かが起きるのよ」

〝ここは豊穣(ほうじょう)の村ラタタターン〟

〝村を襲う嵐や雪崩(なだれ)、山火事など、村長の占いのおかげで村は幾たびもの壊滅の危機を免(まぬか)れました。三人の行方(ゆくえ)不明者がいますが～〟

「あっ⁉　そういえば……」

商人だけではない。ぼんやりと話を聞いていた花屋(アリッサ)も、今まさに「思いだした」という表情で大きく口を開けていた。

「副村長は、狩人に頼んで失踪事件の犯人を捜していたわけ」

「そうだ。俺は村長からも同じような犯人捜しを頼まれていたが、副村長と共に、むしろ村長こそ怪しいと睨んでいた」

　さらに言葉を継ぐ狩人。

　この淀みない説明の連携を見るに、即興の嘘とは到底考えにくい。

「手紙の理由はこういうわけよ。……あ！」

　副村長がポンと手を打って。

「この流れで告白するけど、商人が言っているのも本当よ。村長には全身打撲の痕があるっていう情報。それやったのわたし」

「何っ⁉」

「ほらあそこ」

　積み上げられた薪の山。

　情報によれば、あの薪にも小さな血痕がついていたはず。

「実は、村長を見張って薪の山の後ろに隠れたの。その弾みにわたしがぶつかって、薪の山をガラガラと崩しちゃったのよね。そしたら村長が雪崩の下敷きに……」

「副村長殿がやったのか⁉」

「故意じゃないわ！　うっかりよ！」

　まったく悪びれない。

　なぜなら花屋(アリッサ)や商人(ネル)が、先ほどから「自分は故意ではない＝だから真犯人ではない」と弁解を繰り返しているからだ。

　村長に明確な殺意を持つ者が他にいるはずだ、と。

「時間は25時くらいかしら」

「……25時か」

　商人が、顎に手をあてて考えこむ。

「村長を狙った真の殺人犯は、それよりも前に動いていたことになるな。26時以降に村長と接触したのが商人、狩人、花屋、ここで副村長が外れるから、残っているのは……む？　やはり農家殿が犯人では？」

「だ、だから！　私じゃないのは花屋君も占いで証明しただろう！」

　再び矢面(やおもて)に立たされて、農家(ミランダ)が大慌て。

「何なら、まだ話題に出てない料理屋君とパン屋君についてはどうだい。そもそも二人が怪しいと思われる情報が本当にないのかい⁉　誰か……」

「あるわ」

「へ？」

「だってわたし、まだ自分の調査結果を言ってないじゃない」

へへんと得意げな副村長。

情報の出し渋りではなく、披露するタイミングを見計らっていたに違いない。

自分（フェイ）は知っている。

……副村長が調査していたのは、俺の家だ。

……村長の屋敷からそれが見えた。

問題は、どんな秘密を見られたか。

「と言っても、そんな大きな情報はないのよねー。ほらコレ」

レーシェが取りだした情報カード。

それが輝きだして、見覚えあるアイテムを立体映像として映しだす。


【『パン屋の家』情報（アイテム）②】

儀式アイテム「牙のネックレス」。

もともとは別の誰かの所有物だった。ある古（いにしえ）の儀式に用いることができる。


見つかった。

パン屋（フェイ）が村長から奪い返した友の形見。殺人犯と断定する証拠にはならないだろうが、パン屋が持っていることは奇妙に映るだろう。

「……儀式アイテム？」

「……牙のネックレス？　パン屋さんがこんな物をですか？」

首を傾（かし）げたのは花屋（アリッサ）と料理屋（パール）。

二人には思い当たるものがなかったらしいが、これに血相を変えたのが商人だ。

「儀式アイテム!?　なぜこれをパン屋殿が……！」

やはり。

血塗られた燭台（しょくだい）を持っていた商人（ネル）ならば、これが何のアイテムか気づくだろう。

「……わたし、これ教えてほしいです」

花屋が恐る恐る手を挙げて。

「商人さんの『血塗られた燭台』といい、儀式という単語が引っかかります。これは何の儀式なのですか？」

広場に伝っていく沈黙。

儀式アイテムに詳しい者こそ怪しいと、そう疑われる流れになりつつある。

……いや、だとしたら。

……副村長はなんで「大きな情報じゃない」なんて言ったんだ？

普通は気になるだろう。

儀式アイテムという意味深な表記。これをレーシェが見落とすはずがない。皮肉かとも疑えるが、口調はいたって平常通りだ。

……ならば一周回って素直な解釈は？

……副村長にとっては大した情報じゃない、っていう伝言（メッセージ）だとすれば。

それが意味するものは。

「あたしも知りたいです！」

沈黙を破って料理屋が挙手。

「実はあたしも、副村長の家から似たようなものを見つけました！」

燃えさかる炎を背に、料理屋の掲げたカードが光り輝いた。


【『副村長の家』情報（アイテム）②】

骨のペン。血のインク。

これが恐ろしい呪具であることをあなたは本能的に理解した。

だが、何かが足りない。ペンとインク……儀式にはあと一つ何かが必要である。

最も大事な儀式アイテムを探すべきだ。

それは、このアイテムの真の所持者の周辺にあるに違いない。

ざわりっ。

その緊張感に、キャンプファイアーの炎さえも怯えたように弱まった。

「恐ろしい呪具？……嫌な予感がしますね」

花屋が眉間に皺を寄せながら。

「ペンとインク。あと一つ足りないとすれば……『紙』？　今のところ儀式アイテムを持っていたのが商人さん、副村長さん、パン屋さんです。ならばこの三人の誰かが『紙』の儀式アイテムを持っていたら危険かと」

「――と思っていたのですが」

「え？」

「あたし、今は別の可能性を感じています」

パールが力強く首を横に振る。

その突然の変わりように、目の前の花屋も狐につままれたような顔だ。

「……どういうことですか料理屋さん、いま何と？」

「商人さんと副村長さんとパン屋さん。この三人は、誰も『紙』に関わる儀式アイテムを持っていないと思います」

「っ⁉　ど、どういうことですか」

「それは――」

パールが一瞬、その視線を自分に送ってくる。
・・・・・・・
ここから密談通りですね。その合図に頷いて、フェイは片手を挙げた。

「俺から答える」

「パン屋さんが？　料理屋さんと事前に何かの情報交換をしていたのですか？」

「――――」

その問いかけには答えぬまま。

宙に噴き上がる火の粉を見上げ、フェイは宣言した。

「俺が殺人犯だ。そして人狼だ」

「…………………」

「……………………………」

広場が、凍りついた。

誰もが言葉を失ったのだ。火の粉がパチパチと爆ぜる音のみが沁み渡り、そのままどれほど待ち続けただろう。

「……パン屋殿」

掠れた声で、かろうじて口にしたのは商人だった。

「今のはいったい……じ、人狼とは……」

「言葉どおりの意味さ」

呆然と立ちつくす商人に、軽く肩をすくめてみせる。

続けて、残る全員へ——

「村長殺害の日。夜の23時30分、俺は広場にいた村長を背中から襲って爪で切り裂いた。友人の形見を取り返すためだ。それがコレだった」

レーシェを指さす。

正確には、レーシェが手にした牙のネックレスを指さして。

「この村では村人の消失事件が起きている。人狼である俺の友人もその犠牲になった。村長に殺されたんだ。だから俺はその復讐をするために村人として振る舞い、村長を襲った。だから俺が殺人犯になる」

「……う、ううむ……」

商人が口ごもる。

こうして真の殺人犯が見つかった。パン屋自身の自供なのだから間違いない。

が——

商人の表情が曇っているのにはワケがある。

……ああそうだよな。曇って当然だ。

……俺は、その反応を確かめたくてやったんだから。

密談は終えてある。

先ほどの調査フェイズで、咄嗟（とっさ）だったがぎりぎり間に合った。

「明日の投票はみんなで俺に入れてほしい。これで村の殺人犯は明かされる。ただし……、このゲームは殺人犯を特定しても勝てるわけじゃない」

「そうね、わたしもそろそろ切りだそうかなって思ってたわ」

割って入ったのは、副村長（レーシェ）。

「パン屋の自供は、大事な情報の一つではあるけど人間側の勝利を確定させるものじゃないわ。自供には別の目的があるんでしょ？」

副村長がクスッと微笑。

「わたしも似たような考えだったから」

「――――」

ありがたい。

このやり取りが出来ただけで、既に十分すぎる収穫だ。

「話を戻そう。まずは俺が殺人犯だ。ここまで自供した以上、俺が隠し事をする気がないのはわかってもらえると思う。その上でさっきの話に戻りたい。俺は『紙』の儀式アイテムを持っていない」

「わたしもよ。持ってるのは『血のインクと骨のペン』だけ」

「私も『血塗(ちぬ)られた燭台(しょくだい)』だけだ！」

副村長に続いて商人も。

儀式アイテムを持っていた三人が、最後の儀式アイテムを持っていないと主張する。

「……で、ですが、そんな事があるのでしょうか」

手にしていた花籠ごと、花屋が頭を抱えてしまう。

「殺人犯を自供したパン屋さんはともかく、副村長さんと商人さんが儀式アイテムを隠し持っている可能性は……まだあるような……」

「もう一つあるだろ」

「え？」

「あそこだよ」

花屋(アリッサ)に向かって、フェイは広場の一点を指さした。

——四方を囲む衝立(パーティション)。

「あ、あそこには村長の焼死体しかありませんよ！」

「その村長だよ」

商人(ネル)が持っていた『血のインク。骨のペン』には、こうあった。

〝最も大事な儀式アイテムを探すべきだ〟

〝それは、このアイテムの真の所持者の周辺にあるに違いない〟

ゲーム開始時に儀式アイテムすべてを所持していたのは、誰だったのか。

村長の遺体にはまだ秘密がある。

「じゃあ私は、パン屋君の話に賛成しようかな」

農家（ミランダ）がぼそりと。

何とも歯切れの悪い、苦笑いを浮かべながら。

「私も告白するけど、儀式アイテムの使い方を村長に教えたのは私なんだよねぇ」

「いま何とっ⁉」

「……いやぁ、実は私はオカルトに興味がある農家なんだよねぇ。白状すると、『血』の研究が大好きでさ。私の目撃談もあっただろ？」

なぜか大量に貯蔵された赤ワイン。

手に付いた村長の血を舐（な）めていたという目撃情報。

農家の自供は、今までの怪しげな行動を説明付けるものではある。

「村長に尋ねられ、儀式アイテムの使い方を教えちゃったのさ」

やれやれと。

　農家が自嘲気味に肩をすくめてみせる。

「厄災から村を守りたいって言われたんだよ。儀式アイテムなんて人間がそうそう手に入れられるものじゃない。悪いのは儀式アイテムを渡した商人君だ！」

「農家殿もだろう⁉」

「……というツッコミはさておき」

　腕組みする農家が、ベンチの方をちらりと一瞥。

「今のところ全ての儀式アイテムが村長から見つかっている。最後のだって村長が持っている可能性は高いはずだよ。夜の自由時間、もし調査できる者がいれば村長を調べるってことでどうだろう」

「あと、俺からオマケで一ついいかな」

　もうあまり時間がない。

　轟々と燃え盛っていたキャンプファイアーの火が、今はもうロウソクの火ほどの勢いに弱まってしまっている。

「村長の屋敷を調査してるのは俺だけだ。でも三度の調査で見つからなかったものがある。実在するかわからないけど、誰か持っていたら挙手してほしい」

「？　パン屋殿、それは……」

「倉庫の鍵だ」

村長の屋敷にある物置だ。

人狼の爪でも壊せない強固な錠がかけられていた。

「村長の屋敷には庭がある。そこに大きな倉庫があったんだ。鍵があれば開けられるのか、念のため挑戦してみたいんだ。倉庫の鍵に心当たりは？」

誰からも手は挙がらない。

だが想定内だ。

倉庫の鍵の所持者は村長だろうが、村長の屋敷を探している自分が見つけていない時点で、見つからない理由があるのだろう。

「わかったありがとう。もしも見つけたら教えてほしい。俺からは――」

「パン屋殿！　最後に教えてほしい！」

商人が意を決した表情で叫んだ。

「パン屋殿が殺人犯ならば……やはり自供は理屈に合わない。犯人ならば『見つかってはいけない』という目標があったのではないか⁉」

「もちろんあった。何なら人狼の正体を隠すっていう目標も」

「っ！　ではなぜ……」

「正体を隠していたら勝てないからさ。これが神の狙った敗北ルートだったんだ」

「っ⁉」

商人がのけぞった。

声にならない悲鳴のような、動揺のような声を上げて。

「どういう意味だパン屋殿!?」

「――――」

後方をちらりと振り返る。

あれほど強く燃えさかっていたキャンプファイアーの火が消えていく。薪(まき)が炭と化し、最後の火の粉が夜空に吸いこまれていって。

「見てのとおり。俺は犯人としての目標(ミッション)を放棄した。なぜなら……」

もう時間がない。

だから、たった一言伝えるならば――

「これは目標(ミッション)を放棄するゲームだったんだ」

『そこまでーっ！』

『報告フェイズの終了です。皆さま、空をご覧ください』

端子精霊(ミィプ)に従って見上げた頭上は、いつしか異様に暗い夜空に覆われていた。

しかも――

この黒い夜空は、昨日の夜よりもさらに濃い。

『最後の夜です』

『皆さま、ご自分の家でじっくりと推理を深めてくださいませ』

事件2日目『夜』 個人時間

調査フェイズの時間は終わった。

プレイヤーによる会議が打ち切られ、全員が各々の家に戻っていく。

「……最後の夜時間か」

フェイも自分の家へ。

この煙突がパン屋のトレードマークだが、今からパン屋という仮の姿を脱がなくてはならない。

『さあ、お楽しみの時間が来ましたよ！』

家に入った途端、宙から端子精霊の声が。

『真の姿へ戻り、夜の村を徘徊する時です！』

「あ、待った。ちなみに人狼に戻らず人間のままっていうのも——」

『変身スタート！』

「強制かよ!?」

全身が光に包まれていく。

そして可愛(かわい)らしいオオカミの着ぐるみ姿へ。

「……ああなるほど。人狼だって自供した後だから強制変身か」

まだ足りない。

自分が人狼であることだけではない。伝えねばならぬ事が山ほどある。

……でも間に合わないだろうな。

……この夜時間、俺が全員に話をしようとしても時間が足りない。

だから絞れ。

自分がこの夜に出会うべきプレイヤーは、二人。

『夜の自由行動です。人狼の能力を使いますか?』

「もちろん」

能力1『血の追跡』：夜の間に、血の臭いが付着しているプレイヤーを探しだす。

「俺は『血の追跡』を発動する！」

たちまち浮かび上がる赤い靄(もや)。

村長の血臭で、宙を漂いながら玄関を抜けて外まで延びている。

……昨日と同じだ。

……だけど昨日と違う事が一つある。

それは赤い靄が一本しかないということ。

その一本は、まっすぐ広場の方へと続いている。だからこそ——

『さあ追跡開始です！』

「追跡はしない」

『ほう？』

「だってこの血臭は、広場にある村長の遺体からだろ？」

昨日と同じように血臭を追跡しても、広場にある村長の焼死体に行きつくだけ。

時間を浪費する。

能力に従うことが、必ずしも最善の行動ではなくなった。

「血の臭いが一本かどうかさえ確かめられたら良かった。だから俺はこっちだ」

赤い靄に背を向けて、別の道へと全力で走りだす。

「いてくれよ！」

夜に叫び、フェイは上り坂を駆け上がった。

事件2日目『夜』　個人時間―花屋・アリッサ―

『さあ、お楽しみの時間が来ましたよ！』

花々に囲まれたリビング。

端子精霊の声が響きわたるなか、花屋のアリッサは籠から水晶玉を取りだした。それを丁寧に拭き、小さなクッションの上に乗せれば準備完了。

『占いの能力を使いますか？』

「……使えるのですね？」

『もちろん！　昨日の夜と同じく、あなたは占いの能力が使えます』

「わかりました」

能力が使えないかもしれない。

そう覚悟していた花屋にとって、これは大きな朗報だ。なぜなら副村長の能力で妨げられる可能性があったから。

……私は、儀式アイテムを副村長か商人が隠し持っている可能性を疑っていた。

……もし副村長が隠し持っていたなら、ここで占いを禁じていたはず。

見てもいいわよ。

副村長はそう言っているのだ。つまり副村長は儀式アイテムを持っていないし、花屋の味方であると考えられる。

「私が占うべきは商人一人に絞られました。これは大きなヒント……！」

悔やまれるべきは先ほどの報告フェイズ。

時間が足りなかった。

パン屋がなぜ犯人と自供したのか、それを聞くことができていれば……だから自分は、自分が怪しまれぬよう調査を続けるしかない。

「……パン屋は人狼だとも言ってましたね」

実はあの自供に、花屋は驚くどころか納得していた。

なぜなら聖水。

あの水の存在そのものが、人狼という夜の住人がいることを示唆していたのだろう。

「……だとしたら儀式アイテムというのは？」

儀式アイテムとは、何だ？

牙のネックレス。血塗られた燭台。骨のペンと血のインク。

これだけ多くの儀式アイテムが用意されている以上、物語に深く関わっているのだろう。

いまだ用途不明なのが気がかりだ。

……儀式アイテムを調べるなら、占い先の有力候補は副村長、商人、農家の三人。

……調べられるのはたった一人。

村裁判で追放されるわけにはいかない。自分の潔白を証明するためには――

「決めました」

水晶玉に手を乗せる。

うっすらと光輝く玉の中心に、花屋が思い描くプレイヤーの顔が映しだされた。


事件2日目『夜』　個人時間―商人・ネル―


馬の嘶き（いなな）が、冷たい夜を駆けぬける。

商人の馬車。

ネルが重たい足取りで着くと同時に、端子精霊（ミイプ）の声が響きわたった。

『さあ商人さん！　昨夜と同様、あなたはアイテム奪取の力が使えます』

「……そうだな」

『能力を使いますか？』

商人の能力は、村人一名の所持しているであろうアイテム名を宣言して奪取する。


能力1『生まれつきの商人』：村人一名に対し、所持しているであろうアイテムを宣言。

その一名が該当アイテムを持っていた場合、それを奪う。

（アイテム名を一言一句正しく指定する必要はない）


昨晩、商人（ネル）は自分の銃を奪い返した。

二つ以上のアイテムを集めること——これが目標（ミッション）の一つにあるからだ。

さらに言えば、この銃は自分が使った凶器である。

これが証拠となって自分が村から追放されるかもしれない。それを恐れた自衛だったが、結果としてその不安は杞憂（きゆう）に終わった。

殺人犯が名乗り出たからだ。


〝俺が殺人犯だ〟

〝夜の23時30分、俺は広場にいた村長を背中から襲って——〟

「……本当に良かったのか？　あのような形で」

馬車の荷台に振り返る。

第2調査フェイズで花屋に見つかるまで、ここには儀式アイテム「血塗られた燭台（しょくだい）」が置かれていた。

殺人事件当日、自分（ネル）が村長から奪い返したものだ。

……嘘は言っていない。

……私は商人として、村長からあの儀式アイテムを取り返したかっただけだ。

〝私が撃ったのは26時〟

〝私は村長を撃った。だが村長はその前から重傷を負っていたのだ〟


村長は傷を負っていた。

おそらくパン屋の襲撃によって村長は重傷を負い、結果として自分がトドメを刺した形になったのだろう。

……パン屋殿は、私の聞き間違いでなければ「人狼」と言っていたのか？

……誰も聞き返さないから不安だったが。

あの場面、聞き返すのが怖かった。

何か余計なことまで口走ってしまいそうな、そんな雰囲気があったのだ。

「……っ！　いや、何を恐れている！　言うべきだったのか⁉」

頭を衝動的に掻きむしる。

時系列を思いだせ。

夜23時：パン屋（人狼）が村長を襲った。

夜23時30分：血塗れの村長を発見したのが農家と狩人。

夜26時：かろうじて生きていた村長を撃って儀式アイテムを奪ったのが商人。

ここまでは確実。

その後に起きたであろう放火だの聖水だのは、商人にはわからない。

一つ確かなのは――

「最後に殺したのは私ではないか？」

パン屋だけが明確な殺意をもっていた。

だから真の殺人犯だという理屈もわかる。

しかし自分は？　村長から燭台を取り返そうと銃を向けた時、本当に殺意がなかったと言えるのか？

「そもそもフェイ殿の、あの人狼の自供は何を狙ってのことだ……」

神の狙った敗北ルートとは？

正体を隠していたら勝てないとは？

言葉通りに解釈するなら、パン屋の自供は徹頭徹尾、プレイヤーの勝利を目指したもの。

神の狙いを妨げる意図があるという。

その理屈は――

『能力を使いますか？』

「っ！」

端子精霊(ミィプ)の声にハッと我に返る。

行動を起こすなら速やかに。そう思った瞬間、ネルは胸に淀(よど)んだ違和感に気づいた。

「……待て。おかしいぞ。この能力は何のためにある!?」

ゲーム的には単純明快に説明できる。

目標(ミッション)達成のためだ。

なぜなら商人には、「アイテムを二つ以上集めること」という目標(ミッション)がある。

……私にとっては一番簡単な方法だ。

……今夜アイテムを奪えば達成できる。

他の三つの目標(ミッション)は、最後まで達成できるか不透明この上ない。

が――

実際に使ってみて肌で感じる。

この能力は、強力すぎるがゆえに軋轢(あつれき)をもたらさないか？

……私が目標(ミッション)を達成できたとする。

……だが奪ったアイテムが、誰かの目標(ミッション)に必要不可欠なものだったら？

それが問題なのだ。

昨晩奪った銃はもともと商人の銃だが、残るアイテムはどれも重要そうな物ばかり。

【アイテム所有状況：情報カードは除く】
副村長——牙のネックレス（儀式）
パン屋——なし
料理屋——骨のペンと血のインク（儀式）
狩人——点鼻薬
農家——聖水の入ったガラス瓶
花屋——血に染まった燭台（しょくだい）（儀式）

儀式アイテムが三つに、点鼻薬と聖水。

儀式アイテムは間違いなく重要だろう。点鼻薬も、料理屋が能力を使うキーアイテムだ。

聖水にも強力な力が宿っている。

だからこそ迂闊（うかつ）に奪えない。

どのアイテムが誰の目標（ミッション）になっているかわからないからだ。

……一方で、もし私が能力の不使用を選んだとしよう。

……その結果、私が一つも目標（ミッション）を達成できなかった時には面目が立たない。

どうする。

ここで自分の目標を確実に達成させるか、それとも。

「ああくそっ！　私はどうすれば――」

トン。

頭を抱えかけたその矢先、誰かに肩を掴(つか)まれた。

「うわぁっ⁉」

悲鳴を上げて飛び跳ねる。

あまりに突然すぎて、心臓が口から飛びだすところだった。

「……レーシェ殿？」

「いまは副村長よ」

揺らめく炎燈色(ヴァーミリオン)。

真夜中にあっても煌々(こうこう)と輝く髪をした副村長が、両手を腰にあてて立っていた。だが、夜時間にこっそり訊(たず)ねてきて何が目的だろう。

だが同時に――

商人はホッと安堵(あんど)していた。

能力を使っている姿を見られたら、間違いなく大騒ぎになっていた。

「どうした副村長殿、何か密談だろうか」

「密談といっちゃ密談ね。ちょっと交渉にやってきたのよ」

そう言って。

副村長が足下の切り株にヒョイッと腰かける。

「このゲームで人間側が勝つ条件、頭に入ってるわよね？」

「っ。ああもちろんだ」

七人全員が、最低一つの目標（ミッション）を達成すること。

その勝利条件に今まさに悩まされていたのだ。

「単刀直入に訊（き）くけど、商人の目標（ミッション）は何かなーって」

「っ！　だ、ダメだ！　それを言うわけにはいかない！」

目標（ミッション）カードの提示は禁じられているが、目標（ミッション）の共有は禁じられていない。

だが違うのだ。

自分の目標（ミッション）は、目標（ミッション）を教えるとほぼ達成できないものばかりだからである。

「言うと、自分の目標（ミッション）達成が難しくなるのね？」

「……うっ⁉」

鋭い。

「副村長殿はどうなのだ。自分の目標（ミッション）を言えるのか？」

「三つは言えないわ」

副村長が、胸に手をあててクスッと微笑。

「わたしの目標（ミッション）は四つ。うち三つは言えないけど、残り一つは言えるかなって」

「っ！」

これは商人にとっても有益な情報だ。

目標（ミッション）の数が同じ。

プレイヤーの目標（ミッション）数は、もしや「四」で統一されている？

「もっと早くに言えば良かったけど、報告フェイズの時間が絶妙に足りなかったのよね。で、わたしが言える目標（ミッション）は能力に関するものよ」

副村長（レーシェ）の能力は、村人一人の能力執行を妨害する。

昨晩は料理屋（パール）が選ばれた。

「わたしの目標（ミッション）には、『合計二人以上の能力を妨害すること』があるわ」

「同じだ！」

頭で考える前に、口が叫んでいた。

目標（ミッション）は全部で四つ。うち一つは能力に関すること。これは全プレイヤー共通と見た。

ならば自分も公開できる。

「……わかった。ならば私も正直に話すが、『村人二人以上からアイテムを集めること』という目標（ミッション）がある」

「ほうほう？」

興味津々に頷く副村長。

と思いきや、腕組みしつつ、どんどんニヤニヤ顔になっていくではないか。

「まったく意地悪なカラクリね・・・・・・」

「……？」

「ちょっとした独り言よ。で、ここからが本題よ。わたしと交渉しましょ」

「交渉？」

「商人の目標を達成させてあげる」

副村長が取りだしたアイテムカード。

そこには、鋭利な爪の装飾具が描かれていて——

「『爪のネックレス』!?」

「これを無条件であげる。あ、ちなみにパン屋には許可をもらったわ。さっき走ってたら、道でばったり出会したのよね」

道で？

家の中ではなく道ということは、パン屋も何かの理由で外に出ている？

「このアイテムをあげれば目標達成よね？」

「そ、それはそうだが……」

「わたしは要らないしパン屋も要らない。他のプレイヤーも欲しがってるわけじゃない。

なら構わないわよ」

「…………」

しばし考える。

牙のネックレスは元々がパン屋（人狼(じんろう)）の物だ。そのパン屋が必要ないと言ってる以上、ここで躊躇(ためら)う理由はない。

「わかった！　ではそのアイテム、私が預からせてもらう！　先ほど交渉と言われたが、私は何をすればいい？」

「とっても簡単なことよ」

副村長が、夜の虚空(こくう)を指さした。

その指さす先にあるものは――

「商人の能力で、アイテムを奪ってほしい相手がいるの」

事件2日目『夜』　個人時間―狩人・ケイオス―

ずらりと壁に並べられた銃。

丸太造(づく)りのコテージの中で、狩人に扮(ふん)するケイオスは目を閉じてソファーに座りこんでいた。

「――――」

思い起こせ。

広場での報告フェイズ。

多くの真実が明らかになったが、中でも大きいのがパン屋の自供(フェイ)だった。

〝俺が殺人犯だ。そして人狼(じんろう)だ〟

〝倉庫の鍵の所持者がいたら教えてほしい〟

まず一つ目。

パン屋の意図は明白だ。なぜなら最初に仕掛けたのが狩人(じぶん)で、そこに気づいたからこその自供なのだろう。

……ゆえに考えるべきは後者だ。

……村長の屋敷に倉庫があって、その鍵を探していると言っていたな。

そもそもゲームシステム上、倉庫は本当に開くのか？

存在していても特殊アイテムだろう。入手困難なオマケアイテムに違いない。

……見つかるとすれば村長の遺体か屋敷か。

……いずれにせよ情報⑥、情報⑦にあたるような発見難易度だろうな。

扉が開かない。

それを「封印されている」と考えれば、その扉を開けることの難易度が想像つくだろう。

全員が村長を一斉調査してようやく手に入る。そんな難易度。

「俺の能力であと一回調べることはできるが……」

それで手に入るのは精々、情報③か④だろう。

貴重な能力が空振りに終わる見込みが高い以上、そこを狙うのは――――

トン。

外から扉がノックされた気配に、狩人はソファーから飛び起きた。

「俺です」

「……フェイ？」

扉を開ける。

立っていたのはパン屋……いや、人狼の着ぐるみ姿になったフェイだった。

「随分かわいらしい姿だな。それが人狼とやらか？」

「ええ、夜の間は戻れないらしくて」

ぬいぐるみ姿のフェイが苦笑い。

「先輩と密談したくて」

「……昼間の報告フェイズといい、思いきった行動だな」

狩人の前に人狼（じんろう）として現れる。

正体を隠し通す目標（ミッション）を諦めたという言葉を、まさに行動で証明してみせたかたちだ。だとすればパン屋の狙いは……？

「時間が惜しい。単刀直入に話をしよう」

「じゃあ先輩、このアイテムが欲しくないですか」

「っ、何だと⁉」

「銃です」

フェイが手にしていたのは、銃だった。

それを差しだすようにして。

「銃を集めることが先輩の目標（ミッション）にあるんじゃないですか？」

「……ほう？」

ずばり正解だ。

狩人には、まさに「自分の銃を奪われず、また他人の銃を一つ以上集めること」という目標（ミッション）がある。

「興味深いな。なぜそう思った？」

「思いついたのは昼間です。商人が『狩人の家は銃だらけ』って報告してた。あと先輩が、初日の夜に誰を調査したか気になりました」

「農家だ」

「そうです。事件の夜23時30分。血塗れの村長の前に農家がいた。つまり農家が村長を襲った犯人なら、農家の家から凶器が発見できる可能性が一番高い。先輩は銃が欲しかったのかなって」

調査先から動機を推測したというのなら、その読みは正しい……が。

パン屋はいつ銃を手に入れた？

「村長の屋敷で手に入れたのか？」

「ああいえ、ちょっとした物々交換です。あるプレイヤーから譲ってもらいました」

「何？」

あ・り・え・な・い。

パ・ン・屋・は・ア・イ・テ・ム・を・持・っ・て・い・な・い・は・ず・だ。村長の屋敷を調べたパン屋は情報こそ見つけたが、物々交換できる物は所持していなかった。

一方的に譲り受けた？

否。

それならば「譲渡」。あるいは情報との引き換えならば「交渉」と言うだろう。

……そのフェイが物々交換という言葉を選んだにはワケがある。

……さては俺を訊ねる前に何かを仕掛けたな。

「俺に銃を渡すかわりに、俺に協力を要請すると？」

「そうです」

パン屋が、壁に掛けられた時計をちらりと覗き見。

「できたら即決でお願いします。俺はもう一箇所、この夜の間に向かわなきゃいけないところがある」


事件3日目『夜』個人時間―農家・ネル―


畑に囲まれた農家の家。

「……あっちゃぁ」

自家製ワインボトルが並んだ部屋で、農家に扮するミランダは盛大に溜息をついていた。

テーブルには、青く輝く液体が入ったガラス瓶。

昼間の調査フェイズで花屋から押収したものだ。

「これマズイね。マズイよ絶対！……はぁ……」

ガラス瓶を握り掴む。

ただし間違っても中身の液体が零れないように。これが零れたら大変なことになる。

なにせ花屋曰く、「聖水」なのだから。

「とんでもない劇薬だとは思ってたけど、まさかの聖水。……ってことは昼間のやり取りで、花屋君に私は疑われたよねぇ……」

農家には秘密がある。

ある理由から、自分は聖水に触れられない身体(からだ)なのだ。

「花屋君は占い師で、昨晩の出来事を見る力がある。一昨日(おととい)の夜のは何とかなったけど、もし昨晩のを占われたら……っ！　ヤバい、アレが見られちゃう！」

聖水のガラス瓶を放りだし、農家はひっくり返った。

見られたくないものがある。

倒れた村長の血を舐(な)めた瞬間以上に、だ。

……パン屋君が人狼(じんろう)だなんて自供したからね。

……なおさら花屋君が、他プレイヤーを調べたがってもおかしくない！

「どうしようどうしよう、私は無実なはずなんだ。だけど昨晩のアレを見られたら間違いなく疑われる……」

再び占われたら、花屋からは確実に犯人扱いされるだろう。

『農家さん』

と。

そこへ降ってきたのが端子精霊(ミイプ)からの案内だった。

「なんだい？　あいにくこっちは考え事を――」

『あなたの能力で村長の遺体を調べることができますよ。どうしますか？』

「っ！　そうだ能力だよ！」

端子精霊（ミィプ）に言われなければ、この夜ずっと悩んでいたかもしれない。


能力１『遺体はかくも美しい』：広場にて、村長の遺体検分を追加で行う。

これは調査フェイズの調査と同じ効果を持つ。


これは村長の調査に特化した能力である。

己の潔白の証明には、とびきりの情報を見つけてゲーム攻略に貢献すればいい。

「パン屋君が言ってたね。『誰か倉庫の鍵を持っていないか』と。実在するなら間違いなく村長が持っていたはず！」

倉庫の鍵を見つければ、それはもう多大なる貢献だろう。

ただし――

自分の能力は『広場にて』という文面が厄介なのだ。

昨晩もそう。この力を使った農家が得たものは「広場で、薪（まき）の山のロープが切れていた」という情報である。

……得られるのは村長の情報だけじゃない。村長周辺の広場まで含まれる。

……倉庫の鍵をピンポイントで見つけられるかどうかは、運任せ？

ともあれ、まずは動かなくては始まらない。

「広場に移動するよ！」

この場に端子精霊（ミイプ）はいないが、念のために宣言して家を飛びだした。

明かり一つない未舗装の道。

小石や草が邪魔になるが、それも意に介さず風のごとく駆けぬける。走ること数十秒、あっという間に広場が見えてきた。

「よし、誰もいない」

ホッと一息。

誰かに見つかれば、またどんな容疑をかけられるかわからない。周囲の気配を念入りに窺（うかが）いつつ、ベンチ横の衝立（パーティション）へと近づいていく。

——村長の焼死体。

その表面に手で触れる。

「能力を発動!!…………………………………………………………………………

…………………………あれ？」

何も起きない。

『説明いたしましょう！』

端子精霊（ミイプ）が宙から降下してきた。

『あなたは能力を使用し、村長の焼死体を確かめました。すると――』

「すると？」

『何も見つかりませんでした』

「そりゃないよ!?」

まさかの能力失敗か。

そんな不安が頭をよぎる農家の前で、端子精霊（ミイプ）が遺体の隣を指さした。

ベンチである。

『ご覧ください』

「ん？　このくしゃくしゃの布……いや、服？　まさか……！」

『村長の焼死体からは新しい情報が得られませんでしたが、あなたはベンチの下に村長の上着が落ちていることに気づきます』

「ほほう？」

村長という割には古臭い上着だ。

手縫いで何度も直した跡がある。それを持ち上げて――

『持ち上げた瞬間、あなたはこの上着が妙に重たいことに気づきます』

「倉庫の鍵だね！」

内ポケットを弄るが、鍵ではない。

ミランダの手に伝わる触感は鍵などより数倍大きく、厚みがあり、四角形の形状で……


【『村長』情報（アイテム）③】

儀式アイテム「黒の死文書」。

〝Xの羊と引き換えに一つの魂を取り戻す――〟


その本に触れた瞬間。

農家の手に伝わったものは、ゾッとするほどの悪寒。

「な、何だこれ!?」

慌てて手を離す。

漆黒の表紙でできた本が宙を舞い、ゆっくりと農家の足下に落ちていった。

まさにその瞬間――

広場の鐘が、ゴーンという音をたてて鳴り始めた。

何かが起きた。

間違いなく、自分がこのアイテムを見つけたからだ。

「……や、やばいこと起きちゃってないかい⁉」

『はーい皆さま』

広場の上空を漂う端子精霊二体。

それぞれが真っ赤なメガホンを手にして。

『夜の自由時間中ではありますが、皆さまにお知らせがあります』

響きわたる大音量。

村全体、プレイヤー全員に向けた一斉通知だろう。

『今から広場を閉鎖いたします』

「はいっ⁉」

『広場にいらっしゃる方は速やかに移動してください。具体的にいうと農家さん』

「しかも盛大にバラされた⁉」

『農家さんも移動してください。ほら早く早く』

端子精霊にぐいぐいと背中を押され、あっという間に広場の外へ。あまりに急な展開に文句の一つも言いたい状況だが、それ以上に好奇心が強い。

なぜ広場が閉鎖される？

何が起きようとしているのだ？

「あ、あのだね！　私は広場から押し出された身なんだから、せめて説明を――」

『深夜イベントの発生です』

「深夜イベント!?」

何だいそれは。そう訊ねようとしたミランダの身体が、宙に浮いた。

轟ッ！

大気を震わせるような地鳴りとともに、地面がひっくり返るような震動が。

「わっ！　わわっと!?」

ゴッ！　ゴッ！　と何度となく大地が揺れる。

小石が跳ねるように身体が宙に浮き、足を取られて転倒しそうになる。そういえば同じ現象が昨晩にも起きていた。

「何なんだいこれは!?　ちょっと――」

『はい、もう終わりです。広場に戻っていいですよ』

「…………へ？」

ピタリと静まる鳴動。

深夜イベントが始まって、もう終わった？　今の轟音とも何か関係があるのか？

「……広場に戻っていいのかい？」

『もちろん』

端子精霊(ミイプ)二体が、広場の中から手招き。

そう促されるままベンチの前まで戻ってきて――

「～～～～～～～～～～～～っ⁉」

ミランダは、声にならない絶叫を挙げた。

消えていたのだ。

村長の焼死体が――

儀式アイテム『黒の死文書』とともに、広場から忽然(こつぜん)と消えていた。

Chapter

Player.4　VS超獣ニーヴェルン　―遊戯（ゲーム）に嘘（うそ）はつかない―

God's Game We Play

1

深夜イベント発生？？？

事件３日目『朝』。

村人（プレイヤー）が広場に集まった時、村長の遺体が消えていた。

何者かが証拠隠滅のために消し去ったのか……？

「これは……!?」

晴れわたる蒼穹（そうきゅう）の下。

プレイヤーが集う広場にて、商人（ネル）がベンチを指さした。

「村長の焼死体が消えた。……農家殿、昨晩は一人で広場にいたようだが？」

「誤解だよ。ま、まあ絶対そう言われると思ったさ」

農家にさほど動揺は見られない。

自分が疑われることもわかっていて、昨晩のうちに覚悟を決めていたのだろう。

「私が何かしたんじゃなくて、あれはそう思わせるような――」

『はーい、おはようございます！』

『最終日の朝ですよー』

端子精霊（ミイプ）二体が降りてくる。

広場に集う七人のプレイヤーをくるっと見渡して。

『最終日は、昨日までの調査フェイズはありません』

『かわりに推理フェイズが存在します。皆さんの知恵と情報を活用し、ゲームの勝利に向けて思うぞんぶん意見を交わしてください』

『それが終わると投票フェイズです』

『村人一人を追放することで、物語は終演（エンディング）に移ります』

推理フェイズ。

プレイヤー全員が、この時に向けて準備してきただろう。

今はまだバラバラな「情報」の断片を、「真実」という一つの結末に組み上げることができるかどうか。

フェイ自身、まだ完全なる全貌の把握には至ってない。

……厄介なのは誤情報（ミスリード）だ。

……わざとプレイヤー同士を警戒させるようなギミックが大量にある。

その最たる例が今まさに起きている。

消えた村長の遺体。

誰が、どこへ隠したものなのか。プレイヤー同士が疑心暗鬼に陥ることで、情報を出し惜しみさせる。


『では皆さま！』

端子精霊(ミィプ)二体が、鮮やかな蒼穹(そうきゅう)を指さした。

『議論は一時間。この空の天辺(てっぺん)に太陽が上るまで』

『事件最終日、推理フェイズに突入です！』

事件3日目『朝』、推理フェイズ

推理フェイズは一時間。

プレイヤー同士が情報を公開し、繋(つな)ぎ合わせ、推理するにはギリギリの時間だ。

……六十分を七人で割る。

……一人あたり十分も割けない。すべての情報を整理するにはギリギリだ。

誰もがそう察しただろう。

颯爽（さっそう）と手を挙げたのは農家（ミランダ）だった。

「まず言わせてほしい。朝になって広場に来た諸君は驚いただろうが、村長の遺体が消えている。私は……ちょうどその現場を目撃した」

そう。

フェイを含む六人全員が、端子精霊（ミィプ）のアナウンスを聞いていた。

——広場から村長の遺体が消えた。

——その広場には農家がいた。

村長の遺体を隠したのは農家か？

そう疑われるのを、農家自身が誰よりも覚悟していたことだろう。

「私が潔白（シロ）であると証明するために、殺人事件の謎解きに貢献しようじゃないか！　私は昨晩、村長の遺体を調べた。そこで最後の儀式アイテムを見つけたのだよ！」

「おおおっ!?」

プレイヤー全員が声を上げる。

最後の儀式アイテム、これを見つけたとなれば確かにお手柄だ。

「その名も『黒の死文書』。内容はよくわからなかったが、情報③とあったから重要な物に間違いないだろう」

「……死文書。私が見つけた『血のインクと骨のペン』とも対になりそうですね」

花屋も興味ありげな面持ちで。

「農家さん、ぜひ実物を見せてもらえませんか」

「無いんだよねそれが」

「……え？」

「だから、私がそれを発見した途端にイベントが発生したのさ。広場から追い出されてね、戻ってきたら村長の遺体とアイテムが綺麗さっぱり消えていたんだよ」

「……隠してないですよね？」

何とも冷めた視線で、農家を見つめる花屋。

疑わしさ全開のまなざしである。

「……やはり黒幕は農家さんでは」

「違う違う違うからっ!?」

農家が大慌てでで手を振る。

「と、とにかく証拠がないから言い逃れのしようがないけど、本当なんだ！」

「大丈夫ですよ。俺は信じてるんで」

「おおっ、パン屋君!?　ちなみにどうして？」

「根拠があります。農家が村長の遺体を隠したなら、端子精霊がそれを放送するわけないからです」

端子精霊は究極の中立存在だ。

ルールに従うかぎりプレイヤーの行動を黙って見守るだけ。

昨晩、村長の遺体が消えた時に端子精霊は村全体にそれを報せた。最初から設定されたゲームイベントと思っていい。

むしろ自分が気になったのは、イベントの発生条件とその意味だ。

……最後の儀式アイテムを見つけたから？

……昨日と一昨日の夜、あの地鳴りは何だったんだ。

あの不穏なイベントは、もしや——

「と、とにかく。私が怪しまれるのは仕方ないが、私としてもできる限り情報を披露したつもりだよ。次は君たちの番だ！」

視線がこちらへ。

第2報告フェイズでの自分の自供が気になるのだろう。

「パン屋君は何かあるかい？」

「いや。俺はむしろ謎を解くのにみんなの情報が必要です。情報を持ってるプレイヤーがいたらどんどん発言してほしい」

「——では私が」

花屋（アリッサ）が、花籠から水晶玉を取りだした。

「私は昨日に引き続き占いをしました。昨晩の相手は……商人さん」

「むっ⁉」

商人（ネル）がビクッと肩をすくめる。

商人だけは広場に集まった時から目を閉じ、腕を組み、一人で何かを考え続けていた。

心ここにあらずといった具合だったが。

「……私が怪しかったと？」

「念のための確認でした」

花屋の手にある水晶玉。

いまは何も映っていないが、昨晩この球面には商人が映っていたのだろう。

「私には儀式アイテムという言葉が気がかりでした。花屋（わたし）はその存在を知らなかったのに、過半数以上のプレイヤーが知っていたから」

副村長（レーシェ）、パン屋（フェイ）、農家（ミランダ）、商人（ネル）――

この四人は儀式アイテムと関わりがあり、占いの候補と言えただろう。

「最後の儀式アイテムを誰かが隠している可能性もありました。そこで私なりに候補者を選んだ結果、商人さんを占いました」

「……そ、そうか」

商人がゴクリと息を呑(の)む。

「それで結果は？」

「儀式アイテムについては潔白でした。……が、26時、村長と取っ組み合いになって銃を発砲し、銃弾が胸に当たって村長が倒れた姿はありました」

「そ、そうだ。不本意ではあったが……」

商人が胸に手を当てる。

「だが私の話も信じてもらえたと思う。折角(せっかく)なので私がそのまま話をさせてもらう。昨晩、私は商人の能力を使ってアイテムを奪った！」

ざわりっ。

日の差す広場に、小さな緊張感。

「誰のアイテムを盗んだかは、心当たりのある者がいるだろう。なお理由は、それが私の目標(ミッション)だったからだ——これで私の目標(ミッション)は達成された。以上！」

「じゃあ次はわたしね！」

流れるようなタイミングで、副村長(レーシェ)。

「わたしの能力は覚えてる？　村人一人を選んで能力を妨害するの。わたしも当然使わせてもらったわ。心当たりいるんじゃないかしら」

誰かの能力が妨害された。

この時点で、能力使用を明言している農家(ミランダ)、花屋(アリッサ)、商人(ネル)ではない。

……俺目線ならパン屋も違うな。

……人狼(じんろう)の能力は昨日も一応使ったわけだから。

では誰を選んだのか。

肝心のレーシェは意味深に笑んだまま、あえて口には出さないらしい。

「あと、わたしは夜の間に商人と密談したわ。欲しがってた牙のネックレスをあげた代わりに、わたしもお願いを一つ聞いてもらったの」
・・・
なるほどね。

その言葉(メッセージ)の意味を察し、フェイは内心で頷(うなず)いた。

「副村長(わたし)の情報は以上よ。次は誰かしら？」

「ならば俺か」

猟銃を収めたケースを片手に、狩人(ケイオス)が力強く足を踏みだした。

「まず重要な報告がある。俺は昨晩、狩人の目標(ミッション)を達成した！」

「狩人殿もか!?」

一際強い反応は、商人だ。

同じく目標(ミッション)を達成済みだからこそ、気になるところがあるのだろう。

「狩人殿は能力を使ったのか？」

「いや、俺も能力を使わず密談を選んだ。おかげで目標（ミッション）を達成したが、協力者が誰かは本人が話すことだろう。以上だ。俺は、他に共有できる情報はない」

副村長と狩人が話を終える。

ここまでで五人。

話を終えた五人の視線が、じわじわと、残る二人に注がれていく。

期待と不安が入り交じった感情。

誰もが薄々感じ始めているだろう。「最終日に事件を解決しなければならないのに、公開される情報量が少なくないか？」と。

——村長の焼死体はどこへ消えた？

——殺人事件の日、複数人が見ている村長の殺人報告の矛盾。

——各プレイヤーの不審な行動、不審な反応の理由。

——儀式アイテムとは。

すべてが「何となく」で進んでいる。

この最終日。全員が、「全員の情報を組み合わせれば解けるだろう」と思いつつ、まだ核心的な情報が出てきていない。

……残るはパン屋（オレ）と、料理屋（バール）。

……誰もが俺たち二人の情報をアテにしている。

だからこそ信憑性が生まれる。

残る二人の情報に縋（すが）るしか、事件の真相を解き明かすことができないからだ。すなわち、今が最高の情報公開タイミング。

「はい！」

声高らかに、料理屋（パール）が声を響かせた。

その右手をこれでもかと高く高く突き上げて。

「あたしは自分の目標（ミッション）を放棄します！」

一点に集中する視線。

パールが大きく息を吸いこんで――


「あたしの正体は、とっても可愛（かわい）い犬妖精（コボルト）ちゃんです！」


「料理屋がっ!?」

村中に響きわたる驚愕（きょうがく）。

犬妖精（コボルト）――それは人間サイズの犬の妖精だ。人里離れた犬妖精（コボルト）の村に暮らしているが、人間の村に暮らす個体もいるという伝承がある。

「あたしは犬妖精（コボルト）の村で虐（いじ）められ、仕方なく人間に化けてこの村に暮らしていたんです。

……そして事件の夜27時、あたしは、村長が黒焦げで倒れているのを見つけました。慌てて駆け寄ったら、村長の手に奇妙な本が握られているのを見つけて……」

「奇妙な本、まさか!?」

農家（ミランダ）が真っ先に声を上げた。

パールの正体もだが、それ以上に「本」の方が聞き捨てならなかったのだろう。

「私が見つけた黒の死文書だ！」

「はい！　そして……あたしがソレに触れた途端、村長が起き上がって襲ってきたんです。無我夢中で抵抗していたらあたしの拳が村長にあたり、そしたらあっさり村長が倒れ……『あなたは村長を殺した殺人犯です』と役資料（ハンドアウト）に書かれていたんです」

「……ん？　パール君が犯人？」

叫んだ農家が、弾（はじ）かれたようにこちらに振り向いた。

自分（フェイ）をだ。

この殺人事件は、既にパン屋が真犯人だと自供済みである。その後から二人目の犯人が名乗り出るのは筋が合わない。

「それっておかしくないかい。だって殺人犯は……」

「ええ。殺人犯は俺で間違いないですよ。というのも――」

「はいはい！」

副村長（レーシエ）が、もう待ちきれないとばかりに声を弾ませた。

ニヤリとした満面の笑顔で。

「わたしもね。副村長だけど人間じゃないのよね。種族『鬼』だから」

「鬼いっ!?」

「副村長（わたし）の家に鬼の棍棒（こんぼう）があったじゃない。わざわざ人間が持てる重量じゃないっていう説明付きの。夕方の報告会も、キャンプファイアーの薪（まき）を一人で運べたのは鬼の怪力よ。……で、わたしも薪の山をうっかり崩して村長を下敷きにして殺害しちゃったの」

殺人犯が三人目。

しかも三人ともが、なんと人間ではない種族である。

「ま、待った！……え……そ、その……」

農家がごくりと息を呑（の）む。

自ら殺人犯だと自供した三人を何度も何度も見返して。

「……君たちもかい？」

それが何を意味するのか。

「……あ、あの……私も……」

花籠を手にした女秘書官が、恐る恐る手を挙げた。

まだ心の底で躊躇（ためら）いを残していながらも、場の空気から、誰一人として嘘（うそ）をついていないと判断したのだろう。

「私は……村の近くに住んでいた占い好きの『妖精』です。災いを予知する力があって、数年前から、この村に邪悪な力を感じ始めていたのです。その正体を掴むために、人間に変身して村に暮らしていました」

邪悪な力とは、おそらく儀式アイテムだろう。

あるいは人狼など夜の住人の気配かもしれないが、妖精はそれが気になって村にやってきた。

「邪悪な力を最も強く感じたのが、殺人事件の夜だったんです。私は村が危ないと思って村長の屋敷を訪ねました。それが真夜中24時で……」

「おや？　じゃあ花屋君は、村長に恨みはなかったのかい？」

「も、もちろんです！」

花籠ごと手をふる花屋。

その手に青い聖水の瓶を取りだして。

「この聖水だって、私としては村長の傷を癒やしたくてかけたのですが……聖水に触れた村長が悲鳴をあげて絶命してしまったんです。私も自分が殺人犯だと思っていたので、パン屋さんが『俺が殺した』と自供した時には驚きました」

「じゃ、じゃあ私もいいかい……！」

ミランダ事務長がコホンと咳払い。

「農家というのは仮の姿。私の正体は――」

「吸血鬼でしょ」

「吸血鬼」

「バレバレですぅ」

「私に言わせてくれないかな!?……ああもうっ！　そうだよ、私の正体は『吸血鬼』さ。吸血鬼の世界のはみだし者で、困っていたところを村長に招かれたんだよ」

血のように真っ赤なワインを蒐集していたこと。村長の血を舐めたという証言もそう。血に関してこれだけ執着のある怪物といえば吸血鬼しかいないだろう。

「村長の血を舐めたのは能力の条件さ。村長の遺体を調べるのに必要でね」

「殺人犯ですか？」

「……私は共犯者だね。血塗れの村長を見た途端、吸血鬼の私は理性を失って血を舐めていたらしい。直接的な殺人犯ではないが、殺人現場を目撃しておきながらも殺人犯に肩入れするような行動を取ってしまったからね」

殺人犯と共犯者が五人。

では残る二人は？

「なるほど」

狩人に扮（ふん）するケイオスが、ふっと微苦笑。

「ならば商人よ、目標（ミッション）達成済みの俺たちが隠す理由はあるまい？」

「……狩人殿もか」

そしてネルと共に目配せ。

どちらが先に話すか――視線の交叉（こうさ）を挟んで、口を開いたのは狩人だ。

「俺は『鬼火（ゴースト）』だ。夜の徘徊（はいかい）が得意なのを生かし、この村で起きた失踪事件を調査するよう副村長に依頼されていた。人間に化けて暮らしていたわけだ」

「ええ、副村長（わたし）と狩人は、互いの正体も目的も知っていたわ」

頷（うなず）きあう副村長と狩人（レーシエ）。

二人は、村の不審な事件を調べるために村長を見張っていた。

立場としては人狼（フェイ）とも似ている。

「鬼火（ゴースト）である俺は、事件当日の23時30分、農家が村長の血を舐めているのを見た。だが俺は24時から鬼火（ゴースト）になってしまう。現行犯で咎（とが）めることができず、その場に隠れざるを得なかったというわけだ」

「……私は『猫精霊（ケットシー）』。イタズラ好きの魔物だ」

リュックを背負った商人が、広場の奥に見える馬車を指さして。

「私が村に来ていた動機に嘘はない。年に一度この村を通っては商売をする。そこで村長に儀式アイテムを売ってしまったが、元々これは人間界に無いアイテムだ。人間の村長には悪用できないと思っていた……が……」

「あー、そこは吸血鬼の失態だねぇ」

農家が申し訳なさそうに苦笑い。

「吸血鬼は逆に、まさか村長が儀式アイテムなんざ持ってないだろうなと。それで、村に招待してくれたお礼に使い方の知識を教えてしまった」

「……ということは!?」

商人——のフリをしていた猫精霊が、恐る恐る口にした。

六人を見回し、コクンと息を呑む。

「全員が『殺人犯』だったのか!」

ピタリと。

その眼差しが止まった先は、パン屋だった。

「フェイ殿！　これが……昨日の自供の真相か。自分が人狼であると供述したのも、全員が殺人犯とわかっていたから！」

「ああ、まだ予想の範疇だったけどな。パールには先に密会で話しておいた」

「それだ！　なぜパールを選んだのかも気になるが……」

　ネルがぐっと拳を握りしめる。

「私とケイオス殿は目標（ミッション）を達成させてもらった。だがフェイ殿をはじめ、他のメンバーはまだ達成できていない……」

「そうなんだよね」

「……私も、それが気になっています」

　溜息（ためいき）交じりに腕組みする農家。

　その隣でも、花屋が緊張気味に口元を引き締めている。

「さてパン屋君。私が察するに全員が『殺人犯だと知られてはならない』『正体を知られてはならない』という目標（ミッション）を持っていたはずなんだ」

　それを放棄した。

　昨日のパン屋（フェイ）に続いて、料理屋（パール）が、副村長（レーシェ）が、農家（ミランダ）が、花屋（アリッサ）が。

　五人が目標（ミッション）未達成。

　ゲームの勝利条件が全員一つずつ目標（ミッション）を攻略することでありながら、だ。

「……いいんだねパン屋君、全員自供なんてしてしまって」

「ええ。俺は、全員が殺人犯ならこの攻略法こそ解だと思う。これは『全員が自分の目標（ミッション）を達成しようとすると負ける』ゲームです」

「……どういうことですか」

花籠を手に、アリッサ秘書官が目を細めた。

「……正直に告白します。私は目標（ミッション）を達成するのに必死で……目標（ミッション）達成の近道こそ正体を隠すことだと思ってました」

「間違ってない。俺だって確信できたのは昨日さ」

だがすべては話せなかった。

報告フェイズの時間制限が、それほど絶妙に定められていたのだ。

「俺は、調査フェイズで村長の秘密を手に入れていた。それで確信できたんだ。これなら全員が殺人犯という理屈が成り立つぞってね」

「……というと？」

花屋がポカンと瞬（まばた）き。

まだ見当つかないだろう。パン屋（フェイ）が何を狙っていたのか。

「殺人犯なんて普通は一人だし、自分が疑われないよう全員が必死だから情報も絞られる。だけどみんな腑（ふ）に落ちなかっただろ？　この殺人事件、全員の目撃情報を追っていったら村長が何度も死んでいる」

「そ、そうなんです！」

アリッサ秘書官が、ここぞとばかりに食いついた。

「私も、時系列で考えて村長は瀕死（ひんし）の重傷を負っていて、最後にトドメを刺した私こそが殺人犯だと思いこんでいました……」

「そう。神はそれを狙ってた」

「……え？」

「七人全員が『自分が殺人犯だ。正体を隠さなきゃ』でゲームを進めた時を想像してくれ。最後の村裁判で俺たちは詰む」

七人の誰かが追放される。

その終わり方では真相に到達しないのだ。

「端子精霊(ミイプ)が言ったろ。『事件の謎を解き明かしてください』ってね。このゲームの一番楽しい攻略法は、全員が殺人犯っていうありえない仮説を実証すること」

それを今から行おう。

「パール」

振り返る。

目の前で、料理屋が点鼻薬のケースを高々と掲げていた。

「バッチリです！　点鼻薬のおかげで犬妖精(わたし)の花粉症が改善し、能力『あなたの匂い、気になります』を発動できました！」

「っ⁉」

商人(ネル)が、農家(ミランダ)が、花屋(アリッサ)が。

信じられないものを見たかのように、目をこじ開けた。

「なぜ料理屋が点鼻薬を!?」

「フェイさんが手に入れてくれたんです。あたしの銃と引き換えに」

そう。

夜の自由時間にて、自分(フェイ)は、点鼻薬の所持者である狩人とこう交渉した。

〝俺に銃を渡すかわりに、俺に何かの協力を要請するわけだな?〟

〝ちょっとした物々交換です〟

物々交換――それは自分(フェイ)のアイテムではない。

料理屋(パール)と狩人(ケイオス)の物々交換だったのだ。

「俺の予想では、犬妖精(コボルト)の能力が『全員が殺人犯』説を証明してくれる」

「……で、ですが私たち、全員が正体を打ち明けました」

花屋が怪訝(けげん)そうに目を細める。

「犬妖精(コボルト)の能力は、互いに正体を隠している時に有効な力のように思えるのですが。……たとえば私が妖精であることを黙っていた時に、それを強制的に嗅ぎ当てる能力ですよね?」

「ああ、その認識であってる」

花屋に対し、フェイは迷わず頷(うなず)いてみせた。

プレイヤー全員が夜の住人であることを自供したことで、犬妖精(コボルト)の能力は意味を失った。

と思うだろうが。

「七人の正体のどれかが嘘(うそ)だと……？」

「あたしが調べたのはプレイヤーではありません」

料理屋の一声が、花屋の言葉をなかばで断ち切った。

「犬妖精(コボルト)の能力は『村人一名の正体を見る』。つまりプレイヤーでなくてもいいんです！」

そう――

この仕掛(ギミック)けに気づくかどうかが転換点。

副村長であれば、村人一人の夜の能力を妨害する。

花屋であれば、村人一人を選んで過去の行動を見る。

料理屋であれば、村人一人の正体を看破する。

能力の使用対象が「七人のプレイヤー」だとは、ルールは一言も言っていないのだ。

「村長だよ」

「あっっ⁉」

花屋が、目をまん丸に見開いた。

「まさか……私たちの能力はすべて……！」

「ああ。俺たちは自然と錯覚させられていた。プレイヤー同士で能力を使って疑心暗鬼になる必要なんてなかったんだ」

すべてのプレイヤー能力は、NPC（村長）に使うために存在していた。

その結果が――

「犬妖精（コボルト）の能力結果、発表します！」

広大な広場に、パールが声を響かせる。

「村長の正体は『亡者（ゾンビ）』でした！」

ゾンビ。

あまりにも有名なモンスターである。

「亡者（ゾンビ）……死んでるけど動く生ける屍（しかばね）で……ああっ！　わかった！」

農家が思わず手を叩（たた）く。

「亡者（ゾンビ）なら成立するよ。殺人事件の日、村長は殺されても亡者（ゾンビ）だから蘇（よみがえ）ったんだ。これならプレイヤー全員が殺人犯という矛盾が矛盾でなくなる！」

「そうです。ここまでゲームを進めて、ようやく見えてくるものがある」

「……何が？」

「神への勝ち方ですよ」

農家に頷き、フェイはその場の六人を見回した。

既に何人かには裏取りができている――

「ミランダ事務長、農家の役資料を思いだしてください。村裁判の後に与えられる正体不明の目標がありませんか？」

「っ!?　あるよ第四の目標が！　でも何でそれを……」

「役資料です。あの記述の違和感に気づいた時、俺は、『殺人犯が複数いる』という可能性を睨んでいた」


【目標】

【あなたは村長殺しの犯人です】
①あなたが犯人であることをゲーム終了時まで隠し通すこと。
②あなたの正体が人狼であることを隠し通すこと。
③あなたが手に入れた「牙のネックレス」を死守すること。誰にも奪われないこと。
④【犯人にだけ与えられる特別目標】……村裁判フェイズ後に開示。

「最初の三つは『あなた』と指定されているのに、特別目標(ミッション)だけはわざわざ『犯人』という記述に変わってる」

「……ホントだっ⁉」

特別目標(ミッション)は「あなた」一人ではないのだ。

あなた以外にも犯人該当者がいる。

そうでなければこの記述はありえない。

「だから俺は、最初から犯人該当者が複数の線を探ってました。犯人が一人だとしたら、プレイヤー七人の村長に関する目撃談があまりに矛盾する」

「それでか！　フェイ君がずっと村長の屋敷を調べてたのは！」

「ええ。そして犯人複数説が浮上したなら、続けて連想できる仮説がある。俺以外にも人狼のような存在がいるんじゃないかって」

だからフェイは注視した。

プレイヤー六人の行動以上に、その「言葉に」だ。

「事務長も思いだせるはずです。たとえば料理屋が自分の能力を説明するとき、『正体』って言葉を使っていた」

〝誰の正体を見ちゃおうかなぁ〟

料理屋（パール）が人間ならば疑問を抱くはずなのだ。

正体って何だ？　と。

「今まで俺たちは『役柄』って言葉を使ってました。たとえば副村長が自分は木こりでもあると言ったけど、正体なんて単語は使ってない」

「……あ。そういえば」

「なのに料理屋は正体って単語を違和感なく使っていた。その背景には、料理屋本人も犬妖精（コボルト）という正体を隠していたから」

続いて、フェイが視線をやったのは狩人だ。

「ケイオス先輩もね」


〝花屋よ。村長が生きていると思ったのか？〟


こんな台詞（せりふ）が出てくるはずがないのだ。

村長は商人に胸を撃ち抜かれ、黒い焼死体となった。

「人間なら即死です。生きているなんて考えるわけがない。ただし、村長が夜の住人なら話は別だ」

あの時、狩人が花屋にかけた言葉の真意は――

〝村長は殺しても生きている可能性があると、花屋、お前はそれを知っているのか?〟

翻(ひるがえ)って。

これは狩人の問だったのだ。『この村に人間ではない存在がいると俺は知っている』と。

「なるほど！　だからフェイ君が密談したのは料理屋君と狩人君……」

「そういうことです」

料理屋(パール)とは2日目の報告フェイズで密談。

狩人(ケイオス)とは2日目の夜に。

ここまでで、自分(フェイ)は犯人全員説をほぼ確信した。

「あとは花屋と農家と商人を説得する証拠が欲しい。それで犬妖精(コボルト)の能力で村長の正体を暴くことが必要だったんです」

整理しよう。

パン屋(フェイ)が辿(たど)ったゲーム攻略は、次の過程で表せる。

【1】役資料(ハンドアウト)の特別目標(ミッション)から、「犯人複数」説を可能性の一つに立てておく。

【2】報告フェイズの会話から、仲間（夜の住人）を見つけだす。
※ここでは料理屋と狩人が該当。
【3】村長が亡者《ゾンビ》であることの確定。（料理屋《パール》の能力）
【4】全員が殺人犯であることの確認。
【5】役資料《ハンドアウト》の特別目標《ミッション》が全員に与えられていることの確認。

最後の【5】が鍵なのだ。

すべては、これを成立させるためにある。

「俺はこう考えた。特別目標《ミッション》こそ真の目標《ミッション》だって。『人間の総力で攻略して見せろ』っていう神の意志がそこにある」

神々の遊び――

人と神の対決は、この特別目標《ミッション》を以《もっ》て行われる。

「フェイ君の人狼《じんろう》自供はそこまで考えて……」

「そうです。ここまで進めてようやく、俺たちは神が待つ盤面に進むことができる」

ちなみに――

今までの情報を繋《つな》げることで、殺人事件の「時系列」が見えてくる。

【23時：00分】
パン屋(フェイ)が、広場にて村長の背中めがけて人狼(じんろう)の爪で襲って殺害。（殺人一度目）
儀式アイテム『牙のネックレス』を手に入れる。

【23時：30分】

農家(ミランダ)が、血に染まって倒れた村長を発見。

吸血鬼の能力に必要なことから、村長の血を舐(な)める。（殺人一度目の共犯者）

それを見ていた狩人(ケイオス)。

しかし狩人(ケイオス)は24時に鬼火(ゴースト)化してしまうため、現行犯逮捕を諦めて一時離脱。


【24時：00分】

村長が復活し、血の跡を滴らせながら村長の家へ戻る。

（牙のネックレスを奪われたことで、代わりになる儀式アイテムを取りに来た？）

その証拠として、広場から村長の家まで往復分の血の臭いが残る。

【24時：00分】
花屋(アリッサ)が、邪悪な力を察知する。

夜に飛び起きて村長の屋敷を訪れたが「ワシは忙しい」と話を聞いてもらえなかった。

（儀式道具をみつくろっていた？）


【25時：00分】

副村長（レーシェ）が、広場で儀式道具を手にした村長を見つける。

村長の様子を不審に思って止めようと思ったら、ちょうど寄りかかっていた薪（まき）の山が崩れて雪崩（なだれ）が起きてしまう。村長が下敷きになって死亡。（殺人二度目）

副村長は、慌てて薪の山を固定して証拠隠滅。

村長のことも気がかりだったが、副村長は、儀式アイテムの回収を優先した。

↓儀式アイテム『骨のペンと血のインク』

【26時：00分】
商人（ネル）が、倒れていた村長を発見する。
返してもらうはずだった儀式アイテムを回収しようとしたところで村長が復活し、取っ組み合いになったことで、商人が銃で村長を撃つ（殺人三度目）
↓儀式アイテム『血塗られた燭台（しょくだい）』

【26時：30分】

鬼火(ゴースト)状態の狩人(ケイオス)が広場へ戻ってくる。

倒れている村長に気づいて近づくが、慌てて近づいたことで、鬼火(ゴースト)の身体(からだ)が接触し、その途端、村長が燃えてしまう。（殺人四度目）

ただ、あまりに燃えやすいのが不自然だとは思っていた。

（村長の手記にて：亡者(ゾンビ)の肉体はカラカラに干上がっており、燃えやすい）


【27時：00分】

料理屋(パール)が、焼死体の村長を発見する。

声をかけようと近づいた瞬間、村長が起き上がり襲いかかってきた。

非力な犬妖精(コボルト)の拳だが、村長もダメージを負っていたので死亡。（殺人五度目）

【27時：30分】

広場に村長を探しにきた花屋(アリッサ)。

倒れている村長を助けようと聖水をかけたところ、なぜか村長が悲鳴を上げて絶命した。（殺人六度目）

六人の殺人犯と一人の共犯者。

これが殺人事件の夜に起きた全貌だ。

「あとはミランダ事務長が見つけてくれた『黒の死文書』がすべてだ。村長がこの広場で行っていたのは地震や山火事を防ぐ儀式じゃない」

村長の動機。

儀式アイテムを使って何をしようとしていたのか。

黒の死文書——Xの羊と引き換えに一つの魂を取り戻す。

逆だったのだ。

「この村の殺人事件は、俺たちこそ生け贄(いけにえ)にされる側だったんだ。村長の儀式で」

しんと静まる広場。

誰もが口を閉じ、意を決した表情で宙を見上げた。

——端子精霊(ミイプ)を。

『おお？　皆さん、推理フェイズの終了まであと二分ありますが』

『村裁判に進んでよろしいですか』

二体の端子精霊(ミイプ)が、広場の鐘めがけて飛んでいく。鐘の分銅に二体がかりで掴(つか)まるや、体重をかけて盛大に音を響かせた。

清澄な響きがこだまして――

『推理フェイズ終了！』

『これより村裁判のフェイズに移ります。ボクらの合図で、事件の黒幕と思われる村人一名を一斉に指さしてください。ではどうぞ！……………………………………………………おや？』

端子精霊が首を傾げた。

その眼下で、プレイヤー七人は誰一人として手を動かそうとはしなかった。

追放すべき村人――

すなわち黒幕は、ここにはいないのだから。

「答え合わせの時間だ」

こちらを見下ろす端子精霊へ。

フェイは、一歩前に出た。

「この遊戯は極悪だ。なにせ全員に目標達成を求めておきながら、プレイヤー各々が目標達成を優先しようと動けばバッドエンドなんてな」

それがこの遊戯最大のギミックだ。

言うなれば――

推理フェイズで証明すべきは全員の潔白(シロ)ではなく、全員の犯罪(クロ)。

……村裁判で村長以外を追放した場合。

……俺たちは、次の特別目標(ミッション)に一人欠けた六人で挑まなくてはならなくなる。

そして詰んでいただろう。

プレイヤー全員すなわち「人間全員」で挑んでこそ、神への勝機を得る。

『タイムアウト！』

『お疲れさまでした皆さま』

プレイヤーたちの頭上で、端子精霊(ミイプ)二体が急接近。

そして勢いよくハイタッチ。

『村裁判でのプレイヤー追放0人により、今から？？？フェイズに突入します』

『この「？？？」は、まだ決まっていない未来を意味します。自由に行動し、思うままに皆さまの物語を紡いでください』

端子精霊(ミイプ)二体が声高らかに謳(うた)い上げる。

村中に響きわたる声で――

『プレイヤー共通目標（ミッション）』

『「彼女が夢見た夢を夢に見る（ドリーム・ザ・ドリーム・シー・ドリームド）」が追加されました』


『ボクらの案内はここまでです』

『皆様の考えるエンディングを迎えて下さい』

　そして空へと昇っていく。

　手を振りながら、「頑張ってくださいねー」という応援を響かせて。

「……へ？」

「……自由ってどういうことですか？　私たちに何をしろと」

　農家（ミランダ）と花屋（アリッサ）がポカンと瞬（まばた）き。

　いきなり想像の斜め上をいく目標名（ミッション）が与えられ、広場に放置されてしまったのだから。

「行きましょう」

「パン屋君？　もしかして心当たりあるのかい？」

　もちろん。

　その答え代わりに、フェイは勢いよく地を蹴って歩きだした。

「村長の隠れ場所ですよ」

「どこさ!?　まだ調べてないところなんて……ああっっ!?」

ミランダ事務長の鼻先から、眼鏡(めがね)が落ちかけた。

慌ててブリッジを押し上げながら。

「村長の倉庫かい！」

「ええ。俺たちが一度も立ち入ってない、あの場所しか考えられない」

村を一望する高台へ。

――村長の屋敷。

その家の裏側には、徒競走ができるほど広い芝生の庭がある。

「……ここが村長の屋敷ですかぁ」

「わたしも初めて来るわ。確かに一番広いわね！」

芝生のど真ん中で、敷地を見回す六人。

自分(フェイ)一人がほぼ集中的にここを調べたため、誰もが興味津々(しんしん)に庭や屋敷を観察している。

その中で――

「あの黒い建物か？」

狩人が見上げるのは、庭の隅にある黒い煉瓦造(れんがづくり)の建物だ。

――倉庫。

その扉には強固な南京錠(なんきんじょう)が掛けられている。

「鍵が必要だな。夜間に誰かが入手しなければならないはずだったが、パン屋、お前が手に入れたのか？」

「俺は持ってません。生半可な調査じゃ見つからない」

「だろうな。所持者が村長だとわかっていても、情報⑤か⑥か……プレイヤー全員で村長を調査でもしないかぎり手に入らない難易度と見た」

「俺もその予想です」

昨晩、村長の遺体から儀式アイテム「黒の死文書」が見つかった。

裏を返せば――

「倉庫の鍵は、最後の儀式アイテムよりも入手難易度が高い。総掛かりで村長の遺体を調べて、ようやく見つかるかどうかだと思います」

「発見は困難を極めるだろうな」

そう言いながらも、狩人の口ぶりは厳かな自信に満ちていた。

察したのだろう。

迷わずここまで歩いてきた時点で、鍵はあるのだと。

「どうやって手に入れたのだ、パン屋の能力か？」

「頼りになる副村長がいたんですよ」

「わたしじゃないわよ」

副村長（レーシェ）が勢いよく振り向いた。

振り向きざまに、緊張気味に口をつぐんでいる商人（ネル）の肩をバシッと叩（たた）いて。

「ここにいるでしょ」

「そ、その通りだ！」

ここぞとばかりに商人が声を張り上げた。

「猫精霊（ケットシー）の能力『泥棒子猫』は、対象一人のアイテムを指定し、それを持っている場合に奪うことができる。……私はプレイヤーの誰かとばかり先入観に陥っていたが、副村長殿が教えてくれたのだ。真に指名する相手がいると！」

それが村長だ。

村長が隠した倉庫の鍵は、猫精霊（ケットシー）の能力でのみ手に入る特殊ギミック――

「これだ！」

商人が、リュックの中からアイテムカードを取りだした。

【『村長』情報（アイテム）ＥＸ「倉庫の鍵」】

魂の眠る場所を開く鍵。

夢に囚（とら）われた彼（か）の者は、最愛の彼女が夢見た夢を夢に見る。

終わらせよう。

この血に染まった惨劇を。せめて安らかに。

……ギィイ。

意思を持つかのように、倉庫の扉が両開きに開いていく。

真っ黒い倉庫内に光が差す。

その奥に――

無数の花びらに囲まれた、白い棺(ひつぎ)が立てかけられていた。

真っ白い花。淡い薄ピンクの花。青い花。

すべてが腐らぬよう一つ一つ防腐処理がされ、美しいままに棺の前後左右に丁寧に飾りつけられている。

「これって⁉」

棺と花を指さして、花屋(アリッサ)が口元に手をあてた。

「……村長(わたし)が花屋から買い上げた花です。こんなにたくさん、何に使うんだろうって思ってました。この棺って……」

「愛妻家だったらしいからね」

そう応じる農家も、どこか神妙な口ぶりだ。

「私に儀式アイテムのことを聞いた時も、そういえば『大切な人を失ってしまった』と言ってたよ。黒の死文書に書かれていた『十の羊を捧げて一つの魂を取り戻す』ってのは、まあそういうことか」

村長は、妻を蘇らせようとしていたのだ。

自らを亡者に変えて、何年も何十年もその方法を模索し続けて、遂には儀式アイテムの蒐集に至ったのだろう。

「しかしパン屋君、村長はいないようだが？」

「俺も意外です。倉庫に隠れてるかと思ったんだけど……」

その広さに反し、倉庫の中は驚くほどに簡素だった。

中央に白の棺があり、それを花々が埋め尽くしている。だとすれば、あまり考えたくはないが……

「あの。この棺の中に隠れている可能性はどうですか？」

料理屋が後ろから棺を覗きこむ。

恐る恐るゆっくりと手を伸ばし――白の棺に指先が触れたと同時。

轟ッ！

大地が、ひっくり返る勢いで揺れだした。

『……愚か者共が。その棺(ひつぎ)に触るでないぃぃぃぃぃっ！』

空気をビリビリと震わせる咆吼(ほうこう)は、倉庫の外からだ。

「な、何だ今のドデカい声はっ!?」

「まさか村長……！」

一斉に外へ。

裏庭に飛びだしたフェイたちの眼前で、瑞々(みずみず)しい芝生の大地が真っ二つに割れていく。

その裂け目から、腐った緑色をした巨人が這(は)い上(あ)がってくるではないか。

デカい。

フェイたちが見上げるほどの巨人が、濁った眼(め)でこちらを見下ろしてくる。

『あと少し……あと少しで……』

広場で死んでいた村長。

生気を失った生ける屍(しかばね)が、十メートル近い巨体となって地中から這い上がってくる。

『我が最愛の魂の蘇生を……よくも……儀式を妨げたものだ……！』

二足歩行ならぬ四つ脚歩行。

腐敗した両足では全身を支えきれない屍の巨人が、四つん這いで迫ってきた。

「村長(コイツ)が、真夜中の地鳴りの正体か！」

黒幕との最終決戦。

……なるほどね。

……プレイヤー全員が吸血鬼や人狼みたいな夜の住人なのは、このためか！

そうでなければ勝てない黒幕。

七人全員でなければ勝てないイベントだろうとは思っていたが、まさか真夜中の鳴動が、こんな形で伏線になっていたとは。

『ワシは、自分の肉体と魂と財産すべてを捧げ、この肉体を得た……貴様らを葬り去るために……十の魂を捧げるためにだ！』

巨大亡者となった村長が、腕を振り上げる。

「やばい、避けろ！」

フェイを含むすべてのプレイヤーが、地を蹴った。

丸太よりも太く巨大な腕が叩き落とされる。砂煙、そして何千何万という芝生の草を巻き上げ、地面に巨大な亀裂を描く。

「あくまでミステリー&ロールプレイってわけか！」

最後の謎。

この黒幕を倒す手段を、推察せよ。

「な、なんて怪力ですか……」

ゾッと青ざめる花屋（アリッサ）。

「い、いや見たまえ花屋君！」

農家（ミランダ）が指さしたのは、巨大亡者（ゾンビ）の右足だ。

右足が外れている。木が根腐れするかのように、村長の肉体は既に朽ちつつある。

「もうやめてください村長！」

料理屋が叫んだ。

「そんな痛々しい姿……あなたの大事な人が見たら悲しむに決まってます！」

『――――』

老人には届かない。

夜の住人となったその魂は、既にヒトの理性を失っているのだろう。

『貴様らも見覚えはあるじゃろう』

亡者（ゾンビ）が、上着に右手を突っ込んだ。

人間サイズほどもある巨大な黒表紙の本を握り掴（つか）んで――

『ワシは儀式アイテム「黒の死文書」を詠唱。貴様らの魂を冥府に送ってくれる』

「何だって!?」

これこそが儀式。

殺人事件当日、七人のプレイヤーが偶然に村長を止めていなければ、まさにコレが行われていたのだろう。

『あの夜、貴様らはワシを殺して儀式を止めた気になっておろう。だがワシは昨晩、改めて黒の死文書の詠唱儀式を唱え終えた。あとは七匹の生（い）け贄（にえ）がここにおればよい』

「……はっ⁉」

「ちょっと待て、さすがにそれはズルいぞ！」

『貴様らが集ったことで儀式の条件は満たされた。黒の死文書を発動し——————何っ⁉』

浮かび上がる黒表紙の本。

が。

村長が凝視しても何一つ起きる気配はなかった。

『……な、なぜじゃ⁉』

「下剋上（げこくじょう）の時間よ！」

副村長（レーシェ）が、村長めがけて勢いよく指さした。

「この村の現リーダーは副村長（わたし）！　昨日の夜の自由時間、副村長の能力を発動しておいたのよ。村長（あなた）相手にね！」

副村長の『下剋上』：村人一人を選ぶ。
副村長の権力で、その能力使用を一晩禁ずる。

〝あなたは真のリーダーである〟

『……おのれぇっっっ』

黒の死文書を握りしめる亡者（ゾンビ）が、憎々しげに唸（うな）りを上げた。

『だが能力は貴様らだけのものではない……村長の能力「絶対君主」により命ずる。ワシのさらなる儀式が終わるまで動くでない！』

刹那——

誰もが理解した。

ここまで自分たちは正体も能力も隠してきた。個々の目標（ミッション）達成のために。

今は違う。

これは全員で一つの目標（ミッション）に挑む最終フェイズ。自分たちに与えられていた能力2は、この終演（エンディング）のためにあったのだ。

「させるか！」

商人（ネル）がリュックを放り投げた。

高らかに宙を舞うリュックの口から飛びだす金銀財宝。商人が奪ってきた銃や儀式アイテムもすべてが宙を舞い——

「私は、私が蒐集（しゅうしゅう）してきた全アイテムと引き換えに、能力2を発動する！」

商人の『金で買う命』：村人一人が、能力を発動した瞬間に使用可能。
取得したアイテムすべてを放棄し、その能力発動を遅らせる。
〝あなたが奪ってきたアイテム〟
〝それを手放す勇気があれば、きっと救える命がある〟

「村長殿の命令権を、私の全財産で買い取ろう！」
『……商人……！』
村長が、その巨体を怒りで震わせる。
黒の死文書は使えない。
だが今なお、この亡者(ゾンビ)には殺意が満ち満ちている。
『……魂を刈り取る術(すべ)はいくらでもある。来たれ儀式アイテム「魂の鎌」』
召喚されたのは血色の鎌。
プレイヤー側が発見しきれなかったアイテムだろうが、調査不足を悔いる時間はない。
『貴様ら、この鎌で――』
「おっと村長！　鎌は人を傷つけるものじゃない！」
農家(ミランダ)が叫んだ。

眼鏡の奥で、その知的なまなざしを爛々と輝かせて。

「農業のプロフェッショナルとして教示しよう。鎌とは、稲刈りの道具なのさ！　農家の能力2を発動する！」


農家の『鎌を農具へ』：村人一人の所持する武器アイテムを、実った稲穂に変える。

〝あなたは学んできた〟

〝吸血鬼とて、血のみで生きることはできないのだと〟


血色の鎌がパッと消え、立派な稲穂が現れる。

これで村長の武器は消え去った。

『賤しき吸血鬼めが。誰がこの村に招いたかも忘れたか……』

「言うじゃないか。人を贄に捧げようとしたくせに」

『……握りつぶしてくれる』

亡者の爪が伸びていく。

黄土色の爪を誇示するかのごとく振り上げ、四つん這いのまま突撃してきた。

「ここは俺だ！」

六人に向かってそう叫び、フェイは村長に向かって走りだした。

パン屋の能力2を発動する。

パン屋の『牙には牙を。爪には爪を』：村人一人の攻撃に対してカウンターを行う。

〝あなたの爪は村長を殺した〟

〝次は、誰かを生かすために使えるはずだ〟

『……愚かな人狼（じんろう）よ』

巨大な亡者（ゾンビ）が急停止。

なんと両手を交叉（こうさ）させ、防御の構えを取ったではないか。

『貴様には背中を切り裂かれておる。同じ過ちは――』

「油断大敵です」

花が、宙を舞った。

色とりどりの花を籠ごと放り投げた花屋（アリッサ）が、両手で握りしめたのは高圧式の水鉄砲だ。

そこに込められているのは青く輝く聖水で――

「私の支援があれば！」

花屋の『聖水鎮魂』：村人一人の防御行動に対し、それを無効化する。

〝あなたの花は、魂を癒やすだろう〟

〝あなたの水は、怒りの業火さえ鎮めるだろう〟


聖水が放たれた。

キラキラと青い軌跡を描く聖水が、巨大な腕に浴びせかけられる。

途端――

じゅううっ、と白い煙を上げて亡者(ゾンビ)の腕が消滅した。

「花から抽出した聖水です！」

『……この痛み、聖水か……!?　っ、ぐぁっ……』

腕のガードが解けた一瞬で、飛び上がったフェイの拳が亡者(ゾンビ)の顎を打ち上げる。さらに料理屋(パール)が庭を駆けて――。

「お任せあれです！」

料理屋が背中からスルッと取りだしたのは、何とも重厚なフライパンだった。

一見すれば武器には程遠いが――


料理屋の『愛のフライパン』：村人一人の不意を突き、行動不能にする。

〝あなたが料理に込めてきたように〟

〝あなたの愛が、あなたの敵に与えるものがある〟

「目を覚ますのです、村長さん！」

フライパンを高々と掲げる料理屋。

よろめくメガゾンビ村長の足下まで駆け寄るや、その膝めがけてフライパンを思いきり叩（たた）きつける。

『――――――――っ！』

魂を闇に染めた村長が、絶叫。

何度殺されても蘇（よみがえ）る亡者（ゾンビ）が、骨の髄まで染みわたる痛みに悲鳴を上げたのだ。

『…………この痛み……！』

「思いだしましたか。このフライパンは、あたしが村に来た時に村長（あなた）と亡き奥様から頂いた贈り物。いわば奥様の形見の品なのです！」

『……料理屋……貴様……など、に……！』

轟音（ごうおん）が鳴り響いた。

砂煙を巻き上げ、村長の巨体がくずおれたのだ。

人狼（じんろう）の爪、妖精の聖水、そして妻の形見のフライパンによって、生ける屍（しかばね）さえ耐えられないほどのダメージを与えつつある。

「トドメだ！」

それは誰が言った言葉だろう。

あと一撃。

ダメ押しの一撃が決まれば村長を倒せると誰もが直感した。

そして、残っているのはあと一人。

「……なるほどな」

狩人が地に片膝をついて。

肩に掛けていた銃を構え、その銃口を村長へと向ける。

「狩人の能力2は追撃だ。プレイヤー一人の能力を受けた村人に最後の一撃を与える」

「す、すごい！　まさに勝利演出の能力じゃないですか！」

「撃つんだケイオス殿！」

倒すべき黒幕は動けない。

今ならば目を瞑っても当たるだろう。勝利は約束された。

――と。

誰もが思っていただろう。

「…………」

いつまで待っても発砲音が聞こえない。

狩人は地に膝をついたまま、なぜか凍りついたように止まっていたのだ。引き金に指を掛け、あと数ミリ引けば発砲されるというのに。

「味な真似(まね)をするな、超獣(ニーヴェルン)」

〝すべては遊戯(ゲーム)だ、ケイオス〟

〝お前はチーム『すべての魂の集いし聖座(マインド・オーヴァー・マター)』のコーチであろう?〟

嗄(か)れた村長の声ではない。

空から降りそそぐがごとく響きわたる声は、超獣ニーヴェルン。この遊戯(ゲーム)のGM(ゲームマスター)であり真のラスボスのものだった。

〝後ろの人間たちは、チーム『神々の遊戯を授かりし(メイ・ユア・ゴッズ)』〟

〝お前が発砲すればゲームは終わる。『神々の遊戯を授かりし(メイ・ユア・ゴッズ)』の勝利で〟

〝神々の遊びを先に攻略されれば、ヘレネイアの理想は潰(つい)える。わかっているだろう?〟

「……ケイオスさん!?」

「まさかケイオス殿!?」

狩人（ケイオス）は応えない。

猟銃を構え、銃口は変わらず村長に向けられている。……が、引き金を引くという最終段階で止まったままなのだ。

パールが、ネルが、どれだけ間近で叫んでもピクリとも動かない。

――そう。

この遊戯（ゲーム）に隠された最後の理不尽。

それは、村長（ボス）へのトドメが狩人で固定されていること。


狩人が「能・力・を・使・わ・な・い」と・言・え・ば・村・長・は・倒・せ・な・い。


その上で。

この遊戯（ゲーム）は、ゲーム開始前、たった一つだけ神の意志が介入する余地があった。

七人のプレイヤーと七つの役資料（ハンドアウト）。
・プ・レ・イ・ヤ・ー・に・役・職・を・割・り・振・っ・た・の・は・誰・か。
端子精霊（ミィプ）か？　否（いな）。

――神だ。

チーム『すべての魂の集いし聖座（マインド・オーヴァー・マター）』のコーチを務める人間に、超獣ニーヴェルンはこの遊戯(ゲーム)で問いかけたのだ。

お前は、敵チームの味方をするのか？　と。

『……狩人よ』

嗄(か)れた老人の声が、轟(とどろ)いた。

プレイヤーの総攻撃を受けて膝をついていた亡者(ゾンビ)が、肉体を再生しつつある。

『宣言するがいい。能力は使わぬと。その引き金は引かぬと』

「――――言ったはずだ」

『ん？』

「俺はもう宣言を終えている」

村長の咆吼(ほうこう)が村に響きわたるなか。

微動だにせず佇(たたず)んでいた狩人が、確かにそう口にした。

『どうした狩人よ。何を言っている』

「あいにくと村長。いやニーヴェルン。俺は確かにチーム『すべての魂の集いし聖座(マインド・オーヴァー・マター)』のコーチではあるが」

ゲームの黒幕を見据える狩人。

その指先が、引き金を引いたのをフェイは見た。

「俺は、遊戯(ゲーム)には嘘(うそ)をつかない」

狩人の『終演(ゲームエンド)』：村人一人に追撃の弾丸を放ち、ゲームから除外する。
弾は一発きり。誰に使うか慎重に決めること。
“最初から決めていたのだろう？”

銀色の銃弾が、巨体の亡者(ゾンビ)を撃ち抜いた。

『――――ッッッ！』

空中に吹き飛んだ巨体が、あたかも風船に穴が開いたが如(ごと)く、みるみるうちに萎(しぼ)むように小さくなっていく。

そして地に墜落。

芝生に転がり倒れたのは、腰の曲がった弱々しい老人だった。

「………ワシは………」

老人の掠(かす)れ声。

「ワシは……妻と同じ場所にいたかった……妻が帰ってくるか、ワシが妻の下へ行くのか。
それだけの違い……ならば………」

プレイヤー七人の前で。

亡者(ゾンビ)の肉体が陽射(ひざ)しを浴びて結晶化し、そしてきめ細かい粒子となって消えていく。

大地へ還(かえ)っていく。

「……この結末で……良かったのかもしれぬ…………」

消えゆく最後の瞬間。

そこにいたのは亡者(ゾンビ)ではなく、かつて誰よりも村と伴侶を愛した老人だった。

村長が大地に還って――

「……あ、あれ？　なんか最後、ちょっと感動的な終わり方だった気が……」

放心状態のパール。

「ひどい村長だと思ってましたけど……恨みきれないというか……」

「そうだねぇ。私も久しぶりにちょっと感慨深くなっちゃった。ズルいね、家族愛に訴えかけるのはズルい」

しみじみ頷(うなず)くミランダ事務長も、感傷深いまなざしで村長のいた芝生を見つめている。

良いエンディングだったね。

誰もがそんな澄みきった表情だ。

「これで――」

誰かがそう言いかけた矢先。

ボコン、と地面が小さく隆起し、地中から何かが飛びだした。

「貴様らぁぁぁぁぁぁぁぁああああっっっっっっ！」

完全復活した村長が。

「いやぁぁぁぁっっっ!?」

「な、ななな何だって!?　完全消滅したはずがっ!?」

これにはパールもミランダ事務長も驚きだ。

一瞬前の情緒もへったくれもない。何もかもが台無しだ。

と思うかもしれないが――

「っ。そうだろうと思ったよ」

村長の肌は亡者(ゾンビ)ではなく、血色の良い小麦色。

それが意味するものを察し、フェイはフッと苦笑を漏らした。

「最初から最後まで、俺たちが戦ってたのは村長じゃなく神だったわけだ。ニーヴェルン」

「そういうことにゃ」

パンッと村長の着ぐるみが弾(はじ)ける。

村長という八番目の役資料(ハンドアウト)を自らに与えていた超獣ニーヴェルン――深紅色の髪をなびかせた少女が、宙で一回転して地に降りたった。

「グッドゲーム」

そして拍手。

手を叩(たた)きつつも、こちらの七人の顔を舐(な)めるように凝視しながら。

「なあケイオス」

「俺の行動は不服だったか？」

「いーや。余のはちょっとした好奇心。終わった後にグダグダ言うのは遊戯(ゲーム)の余韻を損ねるだけにゃ」

赤毛の少女が可笑(おか)しそうにニヤリと笑む。

その口の端に、恐ろしいほどに鋭い肉食獣の牙をわずかに覗(のぞ)かせて。

「おめでとう」

再び拍手。

それは七人全員ではなく——

「フェイとかいう人間」

「……俺に何か？」

「負けは負けにゃ。この遊戯(ゲーム)での健闘を称(たた)えて一勝を送る。これでお前は八勝。ヘレネイアちゃんの七勝を超えた」

「っ！」

その数字が真に意味するもの——

自分(フェイ)が、レーシェと出会う前から想定する「ある遊戯(ゲーム)」について、極大の情報がもたらされたことに気づく者は皆無だったことだろう。

たとえ神さえも。

「ヘレネイアちゃんは、もうお前たち『神々の遊戯を授かりし(メイ・ユア・ゴッズ)』を逃しはしない」

「……意識してもらえたってわけだ」

「楽しむがいい。楽しめるものなら、にゃ」

轟(ごう)ッ！

息さえ詰まる灼熱(しゃくねつ)の風が、旋風となって吹きだした。

瑞々(みずみず)しき緑の芝生を呑(の)みこんで、村長の屋敷を覆い包み、この村そのものを赤く染め上げていく。

まさしく――

この遊戯名(ゲーム)『すべてが赤になる』の通りに。

視界すべてが炎に包まれる。

超獣の雄々しき咆吼(ほうこう)とともに、フェイたちは人間世界に帰還した。

Chapter

Epilogue.1　人類最高点

God's Game We Play

神秘法院本部、北東一階。

名も知らぬ神々の描かれたステンドグラスが、色なき太陽の光を、いと華々しく煌々(こうこう)とした極彩色に変換していく。

清澄(せいちょう)で、しっとりとした静寂に包まれた通路。

その最奥まで進んだ先――

チーム『すべての魂の集いし聖座(マインド・オーヴァー・マター)』の会議室は、無人だった。

人がいない。

物もない。

真っ白に塗りつぶされた部屋。

テーブルも椅子も本棚もない。ただの円形の空間を会議室と呼んでいる。そんな部屋だ。

およそ人間が使うとは思えぬ無機質な場だが、このチームが困ることはない。

この会議室を使うのは、神なのだから。

「あいたっ!?」

「いてっ！」

「うおっとぉ!?」

その部屋の宙に転移させられ、フェイたちは次々と床に落下していった。

「……あいたた、急に人間世界に戻されるとはね。下敷きがあって助かったよ」

「…………ミランダ事務長、下敷きの俺としては早くどいてもらえると」

「おおっと失敬」

ミランダ事務長が弾みをつけて起き上がる。

その下敷き――クッション代わりになっていたフェイは、大きく溜息(ためいき)を吐(つ)いて立ち上がった。

「そっちも大丈夫か？」

「……はい。秘書官として驚きの体験でした」

床に尻餅をついていたアリッサ秘書官が、恥ずかしげにそそくさと立ち上がる。

「私のような一般人が、まさか神々の遊びに参加させてもらえるなんて。使徒の皆さんの凄(すご)さと苦労を身に染みて理解できた気がします」

「いや、俺も助かりました。最後にチームプレイもできたわけだし」

ちなみに――

超獣ニーヴェルンが、こっそり誰かに化けて参加しているのでは？

その最も怪しい候補が、本来の使徒ではない「ミランダ事務長」か「アリッサ秘書官」の二択だったのは言うまい。

「ケイオス先輩もどうもでした。特に最後」

「…………」

七人の中で唯一、輪に加わらずに離れて立つ青年。

ゲームクリアの立役者でもあるケイオスへ、フェイはあえて訊ねることにした。

「本当に良かったんですか？」

「俺を人数合わせで呼んだのは、奴だ」

返ってきた声は、あっけらかんとしたものだった。

「俺を狩人に指名した時点で、この結果まで想定していたはずだ。アイツも生粋の遊び人だからな。どう転んでも楽しめると思ったんだろう」

「俺たちが勝っても？」

「・・・・・・・・・・・・その方がへレネイアも本気になる」

後ろ頭を掻きつつ、自分の旧チームのリーダーが大きく溜息。

面倒くさげに。

「お前の勝ち星『八』は、ヘレネイアを越えた現在の人類最高点。……だが忘れるなよ。八勝だろうと九勝だろうと、十勝前に三敗したらお終いだ」

人類の歴史は、敗北の歴史——
どんなゲームの大天才も、聖人も、偉人も。
十勝に到達する前に負けてきた。

神々の遊びは、優しくない。

Chapter

Epilogue.2 神だからこそ

God's Game We Play

蒼穹（そうきゅう）を舞う鳥より、高く――

真白い雲より高き上空に、銀色に輝く神話都市ヘケト＝シェラザード。

その大図書館は、今日もひっそりと静まり返っていた。

風化という言葉がある。

風に晒（さら）されることで紙の書物は劣化し、いつしか塵（ちり）に還（かえ）る。ゆえに大図書館の扉は風が入らぬよう閉じてある。

入館するには特別な鍵を使って、古い扉を開け――

「ただいま戻ったにゃ、皆の衆！」

ガコンッ！

意気揚々とした声と同時に、大図書館の扉が蹴り開けられた。

壮大で趣ある静寂ごと突き飛ばす勢いで、赤毛の少女ニーヴェが両手を大きく振ってやってきたのだ。

爛々と目を輝かせて。

ツヤツヤと頬を赤く照り輝かせて。

「満足したにゃ！」

「満足してどうするんですか⁉」

真っ先にそう突っ込んだのはヘレネイアだ。

薄紫色の髪を振り乱し、額に手をあてて「ああ……」と溜息をつきながら。

「……なぜ狩人にケイオスを選んだのです？」

「その方が楽しそうだったからにゃ」

ルンルンと、スキップのような足取りで大図書館のテーブルへと近づいてくる。

と思いきや――

「でもヘレネイアちゃん」

赤毛の少女が、ヘレネイアへと振り向いた。

「ゆっくり家族との団らんができたにゃん？」

「っ！」

「余はこの遊戯で確かめた。ヘレネイアちゃんも理事長のお見舞いができた。ならば何の不都合がある？」

「ワシも有意義だったと思うぞ。何より楽しかったからの」

闇の向こうから、褐色の少年が軽快な足取りで現れた。

小型の液晶モニターを胸に抱えているのは、これを用いて超獣(なかま)の遊戯(ゲーム)を観戦していたからである。

続いて、片眼鏡(モノクル)の青年が本を片手に現れる。

「ほっほっほ。なっふんも楽しかったと言っておる。どうじゃヘレネイアちゃん？」

「————」

「……私は」

チームを束ねる少女が、目を伏せる。

三体の神が見守るなかで。

「……私は……遊戯(ゲーム)が楽しいものであることを否定する気はありません」

「ほう？」

「いつも言っている通りです。人間の遊戯(ゲーム)に、神と神呪(アライズ)は必要ないと思っているだけ」

神々の遊戯(ゲーム)を無くす。

いわば人と神の世界を分かつ——

半神半人へケトマリアとしての願いを実現するために、神々の遊びの完全攻略者が出てはいけないのだ。

「ふむふむ?……あっ!」

真顔で聞いていた赤毛のニーヴェが、突然に顔をしかめてみせた。

「しまった……ならさっきの遊戯(ゲーム)、一勝なんてケチ臭いことしないで二勝くらいあげれば良かったにゃ」

「話聞いてましたか!?」

「もちろん」

少女に扮(ふん)する超獣ニーヴェルンが、ぱっと机を椅子代わりにして飛び移る。

ゆるりと足を組み——

右目に知性。左目に凶暴性を宿した獣の笑みで、ヘレネイアを見つめ返す。

「八勝も九勝もみな同じ。だってヘレネイアちゃん、どうせ『神々の遊戯を授かりし(メイ・ユア・ゴッズ)』に勝たせる気ないにゃん」

「当然です」

頷(うなず)くまでもない。

そのまなざしに、じわりと人ならざる威光を湛(たた)えて少女(カミ)は宣言した。

「もう一勝たりとも与えません」

あとがき

〝遊戯(ゲーム)には嘘(うそ)をつかない〟


『神は遊戯(ゲーム)に飢えている。』第7巻、手に取ってくださってありがとうございます。

超獣ニーヴェルン戦、ここに開催＆決着です！

フェイVSケイオスという人間同士のゲーム対決という前巻から一転し、今回は一冊丸々、まさしく人と神の対決になりました。

とはいえ超獣(ニーヴェルン)のイタズラ（？）により、今回は神との直接対決ではなく、一風変わった勝負形式になったかなと。

なお勝負テーマでもあったマーダーミステリーはこちら側の世界でも流行しつつあり、もしかしたら遊んだり動画を見たことある方もいらっしゃるのでは？　今回の戦いで「マーダーミステリーというゲームが気になった！」という方がいたら、間違いなく超獣(ニーヴェルン)も大喜びだと思います。

もし機会があれば、ぜひマーダーミステリーに触れてみてください！

……さて、ちょっと話題を変えて。

既にウェブ告知や本書のオビ（書籍版）をご覧になってくれた方もいるかと思いますが、まだの方にはとっておきの新情報を――

アニメ『神は遊戯（ゲーム）に飢えている。』、２０２４年、放送決定です！

フェイ役：島崎信長（しまざきのぶなが）さん
レーシェ役：鬼頭明里（きとうあかり）さん
メインキャストお二人の熱演がもう本当に最高です！
さらには未発表のヒロインや、本作の対戦相手であり最大の特徴でもある「神々」も、これ以上ない魅力的なキャスト様に恵まれました。
続報も、ご期待くださいね！

そして刊行予定です！
今冬に『キミ戦』16巻を。
同じく今冬に『神は遊戯（ゲーム）に飢えている。』8巻の見込みです。
アニメ&原作どちらも盛り上げていきますので、どうか応援よろしくお願いします！

２０２３年の初夏に　細音（さざね）　啓（けい）

NEXT

| NEXT |

God's Game We Play

第8巻 2023年度冬発売予定！

NEXT

MF文庫J

神は遊戯(ゲーム)に飢えている。7

2023年 7月 25日　初版発行

著者　細音啓

発行者　山下直久

発行　株式会社 KADOKAWA
〒102-8177 東京都千代田区富士見 2-13-3
0570-002-301（ナビダイヤル）

印刷　株式会社広済堂ネクスト

製本　株式会社広済堂ネクスト

Printed in Japan　ISBN 978-4-04-682664-0 C0193

●お問い合わせ
https://www.kadokawa.co.jp/（「お問い合わせ」へお進みください）
※内容によっては、お答えできない場合があります。
※サポートは日本国内のみとさせていただきます。
※Japanese text only

◇◇◇

【 ファンレター、作品のご感想をお待ちしています 】
〒102-0071 東京都千代田区富士見2-13-12
株式会社KADOKAWA　MF文庫J編集部気付「細音啓先生」係　「智瀬といろ先生」係

ファンタジア文庫より1巻〜15巻、
Secret File 1巻〜3巻好評発売中！

白泉社ヤングアニマルコミックスより
コミック版（漫画：okama）全7巻好評発売中！

〈第20回〉MF文庫Jライトノベル新人賞

MF文庫Jライトノベル新人賞は、10代の読者が心から楽しめる、オリジナリティ溢れるフレッシュなエンターテインメント作品を募集しています！ ファンタジー、SF、ミステリー、恋愛、歴史、ホラーほかジャンルを問いません。
年に4回締切があるから、時期を気にせず投稿できて、すぐに結果がわかる！ しかもWebからお手軽に投稿できて、さらには全員に評価シートもお送りしています！

イラスト：konomi（きのこのみ）

通期

大賞
【正賞の楯と副賞 300万円】
最優秀賞
【正賞の楯と副賞 100万円】
優秀賞【正賞の楯と副賞 50万円】
佳作【正賞の楯と副賞 10万円】

各期ごと

チャレンジ賞
【活動支援費として合計6万円】

※チャレンジ賞は、投稿者支援の賞です

MF文庫J ライトノベル新人賞の ココがすごい！

年4回の締切！ だからいつでも送れて、**すぐに結果がわかる！**

応募者全員に評価シート送付！ 執筆に活かせる！

投稿がカンタンな**Web応募にて受付！**

チャレンジ賞の認定者は、**担当編集がついて直接指導！** 希望者は編集部へご招待！

新人賞投稿者を応援する**『チャレンジ賞』**がある！

選考スケジュール

■第一期予備審査
【締切】2023年 6 月30日
【発表】2023年10月25日ごろ

■第二期予備審査
【締切】2023年 9 月30日
【発表】2024年 1 月25日ごろ

■第三期予備審査
【締切】2023年12月31日
【発表】2024年 4 月25日ごろ

■第四期予備審査
【締切】2024年 3 月31日
【発表】2024年 7 月25日ごろ

■最終審査結果
【発表】2024年 8 月25日ごろ

詳しくは、MF文庫Jライトノベル新人賞公式ページをご覧ください！
https://mfbunkoj.jp/rookie/award/